Il faut qu'une porte soit ouverte ou fermée

Un caprice

ÉTONNANTS • CLASSIQUES

MUSSET

Il faut qu'une porte soit ouverte ou fermée

Un caprice

Présentation, notes, chronologie et dossier par
FRANÇOISE DUCHAMP,
professeur de lettres

GF Flammarion

Du même auteur
dans la même collection

On ne badine pas avec l'amour

Édition revue, 2007.
ISBN : 978-2-0812-0587-1
ISSN : 1269-8822

SOMMAIRE

PRÉSENTATION

Musset, de l'enfant prodige au poète déchu

De 1810 à 1828 : les années heureuses

Alfred de Musset naît en 1810 à Paris, dans une famille aisée qui cultive le goût des lettres. Son grand-père maternel, magistrat, écrivait des vers à ses moments perdus et fréquentait l'écrivain Carmontelle (1717-1806), auteur de *Proverbes* qui inspireront Musset. Son père, fonctionnaire, hostile au régime politique de la Restauration, laisse s'exprimer son esprit rebelle dans l'écriture de contes, d'articles de critique littéraire, de récits de voyages, tout en préparant une édition complète des œuvres de Jean-Jacques Rousseau dont il est un fervent admirateur. Son frère Paul, qui sera son plus fidèle ami et le gardien de son œuvre [1], bientôt sa sœur Hermine, qui naît en 1819, et leur mère, dont la tendresse ne se démentira jamais, entourent aussi le jeune garçon. Choyé par les siens, celui-ci connaît des années heureuses.

Alfred est un enfant précoce et brillant : il entre en Sixième à neuf ans ; il obtient un premier prix de version latine à onze ans

1. Après la disparition du poète, Paul parviendra à force d'obstination à faire jouer les pièces de théâtre de son frère sur des scènes publiques, à la Comédie-Française et au théâtre de l'Odéon (voir chronologie, p. 23).

et reçoit des distinctions en latin, grec et français tout au long de sa scolarité. Sa vie entière sera à l'image de ces débuts : Musset fera tout très tôt, très vite, et n'aura jamais le temps de devenir un adulte posé.

Après le baccalauréat, il renonce en quelques mois aux études de droit (par ennui) et à celles de médecine (la première dissection le rebute !) ; il s'oriente vers la musique et le dessin sans persévérer toutefois, persuadé d'être un poète-né.

De 1828 à 1830 : le dandy pressé, avide d'amour et de gloire

Musset n'a que dix-huit ans lorsqu'il est introduit dans les cénacles, ces salons littéraires où il rencontre Vigny, Hugo, Dumas ou encore Théophile Gautier, le seul de son âge. Ensemble, ils se passionnent pour les débats politiques qui prendront toute leur mesure lors des Trois Glorieuses, les journées révolutionnaires de juillet 1830. Musset cependant n'est pas disposé à mettre sa plume au service d'une idéologie, contrairement à Victor Hugo, qui s'engagera dans la bataille romantique et défendra ses idées sur les plans social et politique.

En 1829, Musset publie un premier recueil de vers, *Contes d'Espagne et d'Italie*, qui connaît un vif succès. L'année suivante, il écrit *La Nuit vénitienne*. Représentée au théâtre de l'Odéon à Paris, cette pièce ne tient l'affiche que deux jours. C'est une déception cruelle pour ce jeune homme habitué à la réussite. De cet échec date sa décision d'écrire des œuvres dramatiques sans plus se soucier des exigences de la scène : ses pièces seront à lire, et non plus à jouer, comme en témoigne son recueil intitulé *Un spectacle dans un fauteuil*, qui paraît en 1832.

En juin de la même année, Musset fait la connaissance de George Sand. Entre eux, la passion est immédiate. En décembre, ils partent pour Venise, lieu emblématique des amours romantiques, mais tombent malades l'un après l'autre. Musset découvre la liaison de George Sand avec le jeune médecin vénitien qui était venu le soigner. Son retour à Paris marque la rupture entre les deux amants : les réconciliations alterneront cependant avec les déchirements et la séparation définitive n'interviendra qu'en 1835.

Au contact de George Sand, Musset a éprouvé jusqu'au paroxysme l'ivresse du bonheur et l'exaspération de la souffrance. Ces années, qui imprégneront l'œuvre entière du poète, furent particulièrement productives : en 1834, alors qu'il est livré aux orages de sa relation avec George Sand, il écrit et publie trois pièces majeures – *Fantasio*, *On ne badine pas avec l'amour* et *Lorenzaccio*.

Dans son roman autobiographique paru en 1836, *La Confession d'un enfant du siècle*, Musset transpose sa liaison avec George Sand et exprime sa difficulté à vivre, ce « mal du siècle » qui touche plusieurs générations d'artistes. Il continuera par la suite de s'étourdir dans des liaisons amoureuses qui tourneront court, soit parce que son amour ne sera pas payé de retour, soit parce que, sûr d'être aimé, il aura peur de s'engager, deux situations qui nourrissent *Un caprice* et *Il faut qu'une porte soit ouverte ou fermée*.

1840-1857 : la déchéance du poète

Le poète n'a que vingt-huit ans lorsque commence son déclin : alcool, maladie et dépression seront les composantes des années à venir où les amours déçues ajouteront à l'impression d'échec. Pourtant, en 1847, une source de satisfaction lui vient du théâtre : il est enfin joué sur scène. Dix ans après sa publication, *Un caprice* est créé à la Comédie-Française. C'est une réussite. Ce succès sera confirmé par celui que remporteront d'autres représentations, notamment celle d'*Il faut qu'une porte soit ouverte ou fermée*, en 1848.

Marqué, malgré ces signes encourageants, par un lourd sentiment d'échec, Musset accueille avec indifférence son élection à l'Académie française en 1852. Il cesse progressivement d'écrire – ses derniers textes (*Le Songe d'Auguste*, *La Mouche* et *L'Âne et le Ruisseau*, un poème dramatique, un conte et une comédie) ne seront publiés qu'après sa mort –, se contentant essentiellement de remanier ses pièces avec le souci de les rendre plus faciles à représenter[1].

Il meurt le 2 mai 1857, et est enterré, comme il le souhaitait, à l'ombre d'un saule, au cimetière du Père-Lachaise, à Paris.

L'enfant terrible du romantisme

Dans la tempête romantique

Né la même année que Chopin et mort l'année de parution du recueil *Les Fleurs du mal*, Musset ne pouvait échapper aux tempêtes du romantisme.

Ce mouvement artistique et littéraire s'impose en France dans la première moitié du XIXe siècle et exprime le désarroi de plusieurs générations après la révolution de 1789, qui s'est achevée dans un bain de sang contraire aux idéaux des Lumières. Cette époque est marquée par le retour sur soi et l'exaltation des sentiments : trop de concessions ont été faites à la raison et il est

1. Les textes de la présente édition sont ceux établis par Musset pour la publication de son recueil de *Comédies et Proverbes*, en 1840 puis en 1853. *Un caprice* fut intégré dans l'édition de 1840 et *Il faut qu'une porte soit ouverte ou fermée* dans celle augmentée de 1853. Les modifications apportées par Musset aux deux proverbes depuis leur première parution dans *La Revue des Deux Mondes* (voir p. 14) sont infimes. La seule importante est signalée (voir note 4, p. 28).

temps de retrouver d'autres valeurs telles que le cœur ou l'individualité. Confrontés à une fracture laissée béante entre l'Ancien Régime et le nouveau paysage de la France, la plupart des auteurs, de Chateaubriand à Baudelaire, ont exprimé leur mal de vivre, leur inquiétude et leur désespérance. Musset est de ceux-là, qui écrit dans *La Nuit de mai* (1835) :

> Les plus désespérés sont les chants les plus beaux,
> Et j'en sais d'immortels qui sont de purs sanglots.

Avec *Lorenzaccio*, pièce antérieure à ce poème, Musset donne aussi au théâtre ce qui sera considéré comme un chef-d'œuvre du drame romantique. Les principes esthétiques de ce théâtre ont été définis par Hugo en 1827 dans sa préface de *Cromwell*. Soucieux d'écrire des pièces qui expriment une vision du monde conforme à la sensibilité contemporaine, le dramaturge romantique réintroduit un certain nombre d'éléments que les classiques rejetaient en vertu du principe du « beau » : le laid, le difforme, le trivial notamment. Les sujets changent, le mélange des tons s'impose et la règle des trois unités (unités de temps, de lieu et d'action) est éclatée, jugée incompatible avec la vérité et la diversité de la vie auxquelles aspire le drame romantique. *Lorenzaccio* recèle bon nombre de ces procédés revendiqués par les théoriciens du romantisme : arrière-plan historique précis, intrigues nombreuses et complexes qui entremêlent conspirations politiques et aventures galantes, action suspendue aux états d'âme d'un héros parfois bouleversant, parfois dérisoire, qui marche vers un destin implacable...

Mais Musset, s'il n'échappe pas aux tempêtes du romantisme, revendique la liberté imprescriptible de l'écrivain dans son art. Dès lors, si l'idéal romantique se définit par l'esprit de liberté, nul n'a sans doute poussé le romantisme en littérature plus loin que lui, jusqu'à le moquer, voire le nier !

Un esprit libre

En effet, les vers de son premier recueil, *Contes d'Espagne et d'Italie*, s'apparentent parfois à une parodie du lyrisme romantique... En 1830, tandis que la bataille d'*Hernani*[1] mobilise ses amis, Musset publie *Les Secrètes Pensées de Rafaël, gentilhomme français* et *Les Vœux stériles*, poèmes qui font l'éloge du classicisme ! En 1834, l'année de publication de *Lorenzaccio*, il fait dire à Fantasio (*Fantasio*, acte I, scène 1) : « Il est aussi difficile de comprendre le regard d'un enfant de quatre ans que le galimatias de trois drames modernes »...

Et dans ses pièces ultérieures, Musset se montre fidèle aux grandes règles classiques. Ainsi, dans *Il faut qu'une porte soit ouverte ou fermée* et *Un caprice*, l'unité de lieu est irréprochable : un salon dans la première, une chambre dans la seconde, et du dehors ne viennent que des rumeurs ; l'unité de temps est évidente : une durée limitée à celle d'une visite pour l'une et à deux heures pour l'autre ; l'intrigue, enfin, est réduite à une seule action, une demande en mariage dans un cas, une réconciliation dans l'autre. Le nombre de protagonistes permet, quant à lui, une sorte d'épure : tandis que *Lorenzaccio* était animé d'une trentaine de personnages, l'action des deux pièces se concentre dans la conversation échangée entre deux ou trois personnes. Par leur légèreté, *Un caprice* et *Il faut qu'une porte soit ouverte ou fermée* relèvent donc des comédies de mœurs plus que du drame romantique. De ce dernier elles ont gardé la diversité de ton : Musset exprime aussi bien le lyrisme sentimental de Mathilde que le cynisme libertin de M. de Chavigny ou le réalisme trivial du comte jaloux qui raille le bonnet de nuit de M. Camus.

1. La pièce de Victor Hugo est créée à la Comédie-Française le 25 février 1830. Elle donne lieu à une véritable bataille opposant classiques et romantiques. Le succès que remporte le drame symbolise la victoire du romantisme en France.

Il faut qu'une porte... et *Un caprice*, deux proverbes dramatiques

Ainsi, en écrivant *Un caprice* et *Il faut qu'une porte soit ouverte ou fermée*, Musset ne se soucie pas de répondre aux exigences d'une esthétique romantique. Il se place dans la tradition du proverbe dramatique.

Le proverbe est à l'origine un divertissement de salon. En vogue dans la seconde moitié du XVIIIe siècle mais pratiqué dès le XVIIe siècle, il consistait en l'improvisation d'une ou de plusieurs scènes à partir d'un canevas simple, illustrant une leçon tirée de l'expérience, à la manière des *Fables* de La Fontaine (à cette différence près qu'il revenait au public de découvrir la « morale », le « proverbe » mis en spectacle). Ce jeu est par la suite devenu un genre à part entière. Carmontelle, l'ami du grand-père de Musset et l'écrivain attitré du duc d'Orléans, s'y est particulièrement illustré (de 1768 à 1781, il a fait paraître dix volumes de proverbes !). Délaissé pendant la Révolution, le proverbe resurgit au début du XIXe siècle. Le principe initial, résoudre une énigme, disparaît alors : l'expression proverbiale, cachée dans les œuvres du siècle précédent, est annoncée dans le titre, le sous-titre ou encore exprimée à la fin de la pièce.

Musset, familiarisé tout jeune avec les saynètes de Carmontelle, ne pouvait qu'apprécier ce genre qui, détaché des exigences de la scène, s'accommode d'un décor quotidien et de la vérité de sentiments éphémères. En 1834, il donne le sous-titre « proverbe » à sa pièce *On ne badine pas avec l'amour*. Cette œuvre, par la multiplicité des décors, la relative complexité de l'intrigue et des personnages, est encore éloignée des futurs proverbes de l'auteur. Parmi ceux-là, on citera, outre *Un caprice* et *Il faut qu'une porte soit ouverte ou fermée*, parus dans *La Revue des Deux Mondes* respectivement en 1837 et en 1845, *Il ne faut jurer de rien*, publié en 1836, et *On ne saurait penser à tout*, publié en 1849. Musset leur donne la perfection d'une œuvre dramatique sans altérer la grâce légère que suppose le genre[1].

Des textes placés sous le signe de la jeunesse et de l'amour

Il faut qu'une porte soit ouverte ou fermée est l'une des dernières œuvres écrites par Musset : il a trente-cinq ans. La première de ses publications date de 1819 : Musset a dix-neuf ans. C'est donc un écrivain jeune, qui met en scène des héros ayant sa jeunesse. S'il arrive que son théâtre présente quelques figures plus âgées, ce sont en général des fantoches, personnages ridicules, opposants ou adjuvants des personnages principaux. La « si belle, si jeune, si pure » Marianne dans la pièce *Les Caprices de Marianne*, parue en 1835, est ainsi « livrée à un vieillard qui n'a plus de sens et n'a jamais eu de cœur » (acte II, scène 3). Dans *On ne badine pas avec l'amour*, Camille et Perdican, les deux « héros », ont respectivement dix-huit et vingt et un ans.

1. Au XXe siècle, le cinéaste Éric Rohmer « perpétue » le genre, réalisant quatre films sous le titre *Comédies et Proverbes*. L'esprit n'est pas très différent de celui que l'on trouve dans les proverbes de Musset.

Le comte et la marquise dans *Il faut qu'une porte soit ouverte ou fermée* redoutent le seuil de la trentaine[1] ; quant à Mathilde, dans *Un caprice*, elle n'a que vingt ans et Mme de Léry, qui fait figure de femme expérimentée, en a vingt-cinq !

À l'époque où écrit Musset, la jeunesse chevelue s'oppose dans les théâtres aux vieilles perruques : c'est ainsi que l'on représente la bataille que se livrent romantiques et classiques. Cette fougue juvénile qui envahit les théâtres, on la retrouve dans les excentricités des personnages de Musset, tantôt multipliant les facéties verbales ou physiques, tantôt se laissant aller à une prostration d'adolescents mal dans leur peau. « Je vous jure, dit par exemple la marquise dans *Il faut qu'une porte soit ouverte ou fermée*, qu'il y a des instants où je donnerais de grosses sommes pour avoir seulement un petit chagrin. Tenez, j'étais comme cela [...] tout à l'heure. Je poussais des soupirs à me fendre l'âme, de désespoir de ne penser à rien » (p. 33).

L'amour est la seule aventure importante d'une existence : Musset en est convaincu et sa vie comme son œuvre sont consacrées à cette quête perpétuelle. La difficulté est que l'amour ne réunit pas que des cœurs purs, des âmes innocentes ; bien des obstacles viennent contrarier son épanouissement : l'orgueil qui sépare Camille et Perdican tue Rosette dans *On ne badine pas avec l'amour*, la tentation fait s'éloigner M. de Chavigny de Mathilde dans *Un caprice*, la hantise d'une tromperie, la peur de souffrir expliquent la retenue de la marquise face au comte dans *Il faut qu'une porte soit ouverte ou fermée*.

Mais parce que le théâtre de Musset est à l'image de la dualité de son auteur, la peur de s'engager est sous-tendue par le besoin d'un engagement absolu, jusqu'à la mort, la peur de souffrir s'assortit d'une acceptation de la souffrance comme moyen

1. Voir l. 55, p. 30.

d'un accord final, la peur de se révéler s'accompagne du besoin d'un aveu libérateur.

Cependant, à ce « jeu de l'amour », hommes et femmes n'ont pas les mêmes cartes en main. Le théâtre de Musset, contemporain de l'émergence d'une « question féminine », s'intéresse à la condition sociale des femmes et met en lumière leur soumission aux hommes. Dans une société régie par ces derniers, les filles, à peine libérées de l'autorité d'un père, sont placées sous celle de leur mari [1], souvent toutes fraîches sorties du couvent, encore innocentes et naïves, ignorantes de la marche du monde. Dans un tel contexte, seule la veuve jouit d'un statut privilégié. Affranchie de la tutelle d'un père et de celle d'un mari, si elle est jeune et quelque peu fortunée, elle bénéficie d'une certaine liberté qui lui permet de choisir son second mari. Ainsi en est-il de la marquise dans *Il faut qu'une porte soit ouverte ou fermée*. Mais celle-ci, avertie de l'inconstance des hommes, se méfie...

---

1. M. de Chavigny n'est pas aussi « laxiste » avec sa femme qu'il prétend l'être (voir *Un caprice*, l. 81-83, p. 61).

CHRONOLOGIE

1810 1857

■ Repères historiques et culturels

■ Vie et œuvre de l'auteur

Repères historiques et culturels

1799	Coup d'État de Napoléon Bonaparte, qui met fin au Directoire. Début du Consulat.
1804	Napoléon est sacré empereur des Français sous le nom de Napoléon Ier. Début du Premier Empire.
1810	Mariage de Napoléon Ier et de Marie-Louise d'Autriche. Naissance de Chopin.
1814	Abdication de Napoléon Ier. Fin de l'Empire. Avènement de Louis XVIII : première restauration de la monarchie.
1815	Les Cent-Jours (de mars à juin) : période pendant laquelle Napoléon Ier tente de rétablir l'Empire. Défaite de Waterloo et exil définitif de Napoléon Ier. Retour de Louis XVIII sur le trône : deuxième restauration de la monarchie.
1816	Constant, *Adolphe*.
1820	Lamartine, *Méditations poétiques*.
1824	Mort de Louis XVIII. Son frère, Charles X, lui succède sur le trône.
1825	Stendhal, *Racine et Shakespeare* : ouvrage théorique qui exprime la nécessité d'une révolution romantique en littérature.
1827	Hugo, *Cromwell* : la préface de cette pièce définit les principes esthétiques du drame romantique.
1828	Berlioz, *Symphonie fantastique*.
1830	Les Trois Glorieuses : insurrection des 27, 28 et 29 juillet qui met fin au règne de Charles X. Louis-Philippe devient roi des Français : début de la monarchie de Juillet. Victor Hugo, *Hernani*. La représentation de la pièce donne lieu à une véritable « bataille » opposant classiques et romantiques. Le succès qu'elle remporte symbolise la victoire du romantisme en France. Stendhal, *Le Rouge et le Noir*. Lamartine, *Harmonies poétiques et religieuses*.

Vie et œuvre de l'auteur

1810 Naissance d'Alfred de Musset à Paris, le 11 décembre.

1819 Musset entre au collège Henri-IV.
C'est un élève brillant.

1827-1828 Il obtient son baccalauréat et entreprend des études de droit puis de médecine, s'essaie à la musique et au dessin, à chaque fois sans persévérer.
Il fréquente les cercles romantiques.

1830 Musset publie son premier recueil de poésies, *Contes d'Espagne et d'Italie*. *La Nuit vénitienne* est représentée au théâtre de l'Odéon à Paris. La pièce ne reste que deux jours à l'affiche : c'est un échec amer pour l'auteur. Il décide d'écrire des pièces destinées à être lues et non à être jouées.

Repères historiques et culturels

1831	Hugo, *Notre-Dame de Paris*. Balzac, *La Peau de chagrin*. Delacroix, *La Liberté guidant le peuple*. Bellini, *Norma*.
1833	Chopin, *Nocturnes*.
1835	Balzac, *Le Lys dans la vallée*. Vigny, *Chatterton*. Corot, *Vue de Florence*.
1837	Berlioz, *Requiem*.
1838	Hugo, *Ruy Blas*. Dickens, *Oliver Twist*.
1839	Stendhal, *La Chartreuse de Parme*. Chopin, *Préludes*.
1840	Mérimée, *Colomba*. Liszt, *Rhapsodies hongroises*.
1843	Wagner, *Le Vaisseau fantôme*.
1844	Dumas, *Les Trois Mousquetaires*.

Vie et œuvre de l'auteur

1832 Son père est l'une des nombreuses victimes du choléra. Musset publie *Un spectacle dans un fauteuil*, un recueil de vers qui comprend une comédie, *À quoi rêvent les jeunes filles*, un drame, *La Coupe et les Lèvres*, et *Namouna*, conte oriental.

1833 Début de la liaison de Musset avec George Sand. En décembre, les deux amants partent pour l'Italie. Publication du drame *André Del Sarto*, de la comédie *Les Caprices de Marianne et* du poème *Rolla*.

1834 À Venise, Musset tombe malade. Il découvre la liaison de George Sand avec le jeune médecin venu le soigner. Il rentre brisé à Paris. Parution de la comédie *Fantasio*, du proverbe *On ne badine pas avec l'amour* et du drame *Lorenzaccio*.

1835 Rupture définitive avec George Sand après une série de séparations et de réconciliations. Il écrit les premiers poèmes du cycle des *Nuits* : *La Nuit de mai* et *La Nuit de décembre*.

1836 Il publie son roman autobiographique *La Confession d'un enfant du siècle* et fait paraître le poème *La Nuit d'août* et le proverbe *Il ne faut jurer de rien*.

1837 Musset imagine le proverbe *Un caprice* et compose *La Nuit d'octobre*.

1840 Musset publie son recueil de *Comédies et Proverbes*.

1843 Maladie dépressive du poète dont la santé est fragilisée par l'alcool.

Repères historiques et culturels

1845	Mérimée, *Carmen*. Wagner, *Tannhäuser*.
1846	*Sand, La Mare au diable.* Michelet, *Le Peuple*. Berlioz, *La Damnation de Faust*.
1848	Insurrection des 22, 23 et 24 février qui met fin à la monarchie de Juillet (abdication de Louis-Philippe). Proclamation de la IIe République. Chateaubriand, *Mémoires d'outre-tombe* (publication posthume).
1851	Coup d'État de Louis Napoléon Bonaparte, le 2 décembre. Verdi, *Rigoletto*.
1852	Proclamation du Second Empire : Louis Napoléon Bonaparte devient Napoléon III. Dumas fils, *La Dame aux camélias*.
1853	Hugo, *Les Châtiments*.
1854	Nerval, *Les Filles du feu, Les Chimères*. Sand, *Histoire de ma vie*. Liszt, *Préludes*.
1856	Hugo, *Les Contemplations*.
1857	Flaubert, *Madame Bovary*. Baudelaire, *Les Fleurs du mal*.

Vie et œuvre de l'auteur

1845 Musset reçoit la Légion d'honneur.
Il publie le proverbe *Il faut qu'une porte soit ouverte ou fermée.*

1847 Première représentation d'*Un caprice* à la Comédie-Française : la pièce est un succès.

1851 Première représentation des *Caprices de Marianne* à la Comédie-Française.

1852 Musset est élu à l'Académie française.
Son œuvre poétique est éditée en deux volumes : *Premières Poésies* (1829-1835) et *Poésies nouvelles* (1836-1852).

1853 Nouvelle édition augmentée des *Comédies et Proverbes*.

1857 Mort de Musset. Il est enterré au cimetière du Père-Lachaise.

1861 Première représentation d'*On ne badine pas avec l'amour* à la Comédie-Française dans une version revue par Paul de Musset.

■ Alfred de Musset (1854) par Charles Landelle (1812-1908).

Il faut qu'une porte soit ouverte ou fermée

PERSONNAGES

LE COMTE
LA MARQUISE

La scène est à Paris.

Un petit salon.

La marquise, assise sur un canapé, près de la cheminée, fait de la tapisserie. Le comte entre et salue.

LE COMTE. – Je ne sais pas quand je me guérirai de ma maladresse, mais je suis d'une cruelle étourderie. Il m'est impossible de prendre sur moi de me rappeler votre jour [1], et toutes les fois que j'ai envie de vous voir, cela ne manque jamais d'être un mardi.

LA MARQUISE. – Est-ce que vous avez quelque chose à me dire ?

LE COMTE. – Non ; mais, en le supposant, je ne le pourrais pas, car c'est un hasard que vous soyez seule, et vous allez avoir, d'ici à un quart d'heure, une cohue [2] d'amis intimes qui me fera sauver, je vous en avertis.

LA MARQUISE. – Il est vrai que c'est aujourd'hui mon jour, et je ne sais trop pourquoi j'en ai un. C'est une mode qui a pourtant sa raison. Nos mères laissaient leur porte ouverte ; la bonne

1. ***Votre jour*** : le jour où vous recevez.
2. ***Cohue*** : foule, multitude.

compagnie[1] n'était pas nombreuse, et se bornait, pour chaque cercle[2], à une fournée[3] d'ennuyeux qu'on avalait[4] à la rigueur. Maintenant, dès qu'on reçoit, on reçoit tout Paris ; et tout Paris, au temps où nous sommes, c'est bien réellement Paris tout entier, ville et faubourgs[5]. Quand on est chez soi, on est dans la rue. Il fallait bien trouver un remède ; de là vient que chacun a son jour. C'est le seul moyen de se voir le moins possible, et quand on dit : « Je suis chez moi le mardi », il est clair que c'est comme si on disait : « Le reste du temps laissez-moi tranquille[6]. »

LE COMTE. – Je n'en ai que plus de tort de venir aujourd'hui, puisque vous me permettez de vous voir dans la semaine.

LA MARQUISE. – Prenez votre parti et mettez-vous là. Si vous êtes de bonne humeur, vous parlerez ; sinon, chauffez-vous. Je ne compte pas sur grand monde aujourd'hui, vous regarderez défiler ma petite lanterne magique. Mais qu'avez-vous donc ? vous me semblez…

LE COMTE. – Quoi ?

---

1. ***La bonne compagnie*** : les personnes qui appartiennent à la haute société, au cercle des intimes.
2. ***Cercle*** : ici, réunion.
3. ***Fournée*** : employé au sens propre, ce terme désigne la quantité de pains cuits à la fois dans un four ; employé ironiquement, il désigne l'ensemble des personnes qui accomplissent la même chose en même temps – ici, les visiteurs.
4. ***Qu'on avalait*** : une variante de 1845 donne « qu'on supportait ». « Avalait » poursuit la métaphore introduite par le terme « fournée ».
5. Le « tout Paris » désigne aujourd'hui les gens en vue de la capitale. Dans le texte, la marquise emploie l'expression au sens littéral. On notera qu'elle distingue la « ville » – c'est-à-dire exclusivement le centre historique de Paris – et les « faubourgs » – c'est-à-dire les quartiers situés à proximité immédiate de ce centre.
6. Cette idée avait été développée dans un article de Mme de Girardin, amie de Musset, paru dans le journal *La Presse*, le 27 mars 1837.

LA MARQUISE. – Pour ma gloire[1], je ne veux pas le dire.

LE COMTE. – Ma foi, je vous l'avouerai, avant d'entrer ici je l'étais un peu.

LA MARQUISE. – Quoi ? je le demande à mon tour.

LE COMTE. – Vous fâcherez-vous si je vous le dis ?

LA MARQUISE. – J'ai un bal ce soir où je veux être jolie : je ne me fâcherai pas de la journée.

LE COMTE. – Eh bien ! j'étais un peu ennuyé. Je ne sais ce que j'ai ; c'est un mal à la mode, comme vos réceptions… Je me désole depuis midi ; j'ai fait quatre visites sans trouver personne. Je devais dîner quelque part ; je me suis excusé sans raison. Il n'y a pas un spectacle ce soir. Je suis sorti par un temps glacé ; je n'ai vu que des nez rouges et des joues violettes. Je ne sais que faire, je suis bête à faire plaisir.

LA MARQUISE. – Je vous en offre autant ; je m'ennuie à crier. C'est le temps qu'il fait, sans aucun doute.

LE COMTE. – Le fait est que le froid est odieux ; l'hiver est une maladie. Les badauds[2] voient le pavé propre, le ciel clair, et, quand un vent bien sec leur coupe les oreilles, ils appellent cela une belle gelée. C'est comme qui dirait une belle fluxion de poitrine[3]. Bien obligé de ces beautés-là[4] !

---

1. ***Pour ma gloire*** : pour ma réputation. Le respect des conventions sociales interdit la liberté de parole. La marquise est doublement réduite au silence : elle ne veut pas offenser le comte en lui indiquant qu'il semble de mauvaise humeur et elle ne veut pas qu'on la juge responsable de cette morosité.

2. ***Badauds*** : flâneurs.

3. ***Fluxion de poitrine*** : pneumonie.

4. « Être l'obligé de quelqu'un » signifie être redevable à une personne qui vous a rendu un service. L'expression est employée ironiquement par le comte : les badauds admiratifs, « redevables » de ces beautés (le « pavé », …/…

LA MARQUISE. – Je suis plus que de votre avis. Il me semble que mon ennui me vient moins de l'air du dehors, tout froid qu'il est, que de celui que les autres respirent. C'est peut-être que nous vieillissons. Je commence à avoir trente ans, et je perds le talent de vivre.

LE COMTE. – Je n'ai jamais eu ce talent-là, et ce qui m'épouvante, c'est que je le gagne. En prenant des années, on devient plat [1] ou fou, et j'ai une peur atroce de mourir comme un sage.

LA MARQUISE. – Sonnez pour qu'on mette une bûche au feu ; votre idée me gèle.

(On entend le bruit d'une sonnette au-dehors.)

LE COMTE. – Ce n'est pas la peine, on sonne à la porte, et votre procession arrive.

LA MARQUISE. – Voyons quelle sera la bannière [2], et surtout tâchez de rester.

LE COMTE. – Non ; décidément je m'en vais.

LA MARQUISE. – Où allez-vous ?

LE COMTE. – Je n'en sais rien.

(Il se lève, salue et ouvre la porte.)

Adieu, madame ! à jeudi soir !

LA MARQUISE. – Pourquoi jeudi ?

LE COMTE, *debout, tenant le bouton de la porte.* – N'est-ce pas votre jour aux Italiens [3] ? J'irai vous faire une petite visite.

.../... le « ciel clair » et le « vent sec ») auxquelles sont associés froid rigoureux et, par voie de conséquence, pneumonie, sont moqués.

1. ***Plat*** : terne, sans intérêt.

2. Dans un défilé (une « procession »), les personnes qui portent l'étendard (la « bannière ») sont en tête. La marquise demande ici quel sera son premier visiteur.

3. ***Aux Italiens*** : à l'Opéra-Comique. L'Opéra-Comique est un théâtre lyrique parisien où l'on donne des opéras-comiques (opéras dans lesquels alternent des dialogues parlés avec des scènes chantées). En 1762, la

LA MARQUISE. – Je ne veux pas de vous ; vous êtes trop maussade. D'ailleurs, j'y mène M. Camus.

LE COMTE. – M. Camus, votre voisin de campagne ?

LA MARQUISE. – Oui ; il m'a vendu des pommes et du foin avec beaucoup de galanterie, et je veux lui rendre sa politesse.

LE COMTE. – C'est bien vous, par exemple ! L'être le plus ennuyeux ! on devrait le nourrir de sa marchandise. Et, à propos, savez-vous ce qu'on dit ?

LA MARQUISE. – Non. Mais on ne vient pas : qui avait donc sonné ?

LE COMTE, *regardant par la fenêtre*. – Personne, une petite fille, je crois, avec un carton, je ne sais quoi, une blanchisseuse [1]. Elle est là, dans la cour, qui parle à vos gens [2].

LA MARQUISE. – Vous appelez cela je ne sais quoi ; vous êtes poli, c'est mon bonnet [3]. Eh bien ! qu'est-ce qu'on dit de moi et de M. Camus ? – Fermez donc cette porte… Il vient un vent horrible.

LE COMTE, *fermant la porte*. – On dit que vous pensez à vous remarier, que M. Camus est millionnaire, et qu'il vient chez vous bien souvent.

LA MARQUISE. – En vérité ! pas plus que cela ? Et vous me dites cela au nez tout bonnement ?

LE COMTE. – Je vous le dis, parce qu'on en parle.

Comédie-Italienne fusionna avec l'Opéra-Comique. Après le départ des Comédiens italiens en 1780, on continua d'employer l'expression « aller aux Italiens » pour signifier « aller à l'Opéra-Comique ».

1. ***Blanchisseuse*** : personne dont le métier est de laver et de repasser le linge.

2. ***Vos gens*** : vos domestiques, vos serviteurs.

3. ***Bonnet*** : coiffe en tissu très fin ou en dentelle, de forme variée, très en vogue à l'époque de Musset.

La Marquise. – C’est une belle raison. Est-ce que je vous répète tout ce qu’on dit de vous aussi par le monde[1] ?

Le Comte. – De moi, madame ? Que peut-on dire, s’il vous plaît, qui ne puisse pas se répéter ?

La Marquise. – Mais vous voyez bien que tout peut se répéter, puisque vous m’apprenez que je suis à la veille d’être annoncée Mme Camus. Ce qu’on dit de vous est au moins aussi grave, car il paraît malheureusement que c’est vrai.

Le Comte. – Et quoi donc ? Vous me feriez peur !

La Marquise. – Preuve de plus qu’on ne se trompe pas.

Le Comte. – Expliquez-vous, je vous en prie.

La Marquise. – Ah ! pas du tout ; ce sont vos affaires.

Le Comte, *se rasseyant*. – Je vous en supplie, marquise, je vous le demande en grâce. Vous êtes la personne du monde dont l’opinion a le plus de prix pour moi.

La Marquise. – L’une des personnes, vous voulez dire.

Le Comte. – Non, madame, je dis : la personne, celle dont l’estime, le sentiment, la…

La Marquise. – Ah ! Ciel ! vous allez faire une phrase[2].

Le Comte. – Pas du tout. Si vous ne voyez rien, c’est qu’apparemment vous ne voulez rien voir.

La Marquise. – Voir quoi ?

Le Comte. – Cela s’entend de reste[3].

---

1. ***Le monde*** : la haute société.
2. ***Faire une phrase*** : parler de façon maniérée, recherchée.
3. ***De reste*** : plus que suffisamment.

LA MARQUISE. – Je n'entends que ce qu'on me dit, et encore pas des deux oreilles[1].

LE COMTE. – Vous riez de tout ; mais, sincèrement, serait-il possible que, depuis un an, vous voyant presque tous les jours, faite comme vous êtes, avec votre esprit, votre grâce et votre beauté…

LA MARQUISE. – Mais, mon Dieu ! c'est bien pis qu'une phrase, c'est une déclaration que vous me faites là. Avertissez au moins : est-ce une déclaration, ou un compliment de bonne année ?

LE COMTE. – Et si c'était une déclaration ?

LA MARQUISE. – Oh ! c'est que je n'en veux pas ce matin. Je vous ai dit que j'allais au bal, je suis exposée à en entendre ce soir ; ma santé ne me permet pas ces choses-là deux fois par jour.

LE COMTE. – En vérité, vous êtes décourageante, et je me réjouirai de bon cœur quand vous y serez prise[2] à votre tour.

LA MARQUISE. – Moi aussi je m'en réjouirai. Je vous jure qu'il y a des instants où je donnerais de grosses sommes pour avoir seulement un petit chagrin. Tenez, j'étais comme cela pendant qu'on me coiffait, pas plus tard que tout à l'heure. Je poussais des soupirs à me fendre l'âme, de désespoir de ne penser à rien[3].

LE COMTE. – Raillez, raillez ! Vous y viendrez.

---

1. L'expression usuelle équivalente à celle de la marquise est « n'entendre que d'une oreille » et signifie « ne pas prêter attention aux paroles prononcées ».

2. ***Quand vous y serez prise*** : quand vous aimerez.

3. La réplique de la marquise fait écho à cette remarque dans *La Confession d'un enfant du siècle* (I, 2) : « il est doux de se croire malheureux lorsqu'on est vide et ennuyé ».

LA MARQUISE. – C'est bien possible ; nous sommes tous mortels. Si je suis raisonnable, à qui la faute ? Je vous assure que je ne me défends pas[1].

LE COMTE. – Vous ne voulez pas qu'on vous fasse la cour ?

LA MARQUISE. – Non. Je suis très bonne personne, mais quant à cela, c'est par trop bête. Dites-moi un peu, vous qui avez le sens commun, qu'est-ce que signifie cette chose-là : faire la cour à une femme ?

LE COMTE. – Cela signifie que cette femme vous plaît, et qu'on est bien aise de le lui dire.

LA MARQUISE. – À la bonne heure[2] ; mais cette femme, cela lui plaît-il, à elle, de vous plaire ? Vous me trouvez jolie, je suppose, et cela vous amuse de m'en faire part. Eh bien ! après ? Qu'est-ce que cela prouve ? Est-ce une raison pour que je vous aime ? J'imagine que, si quelqu'un me plaît, ce n'est pas parce que je suis jolie. Qu'y gagne-t-il à ces compliments ? La belle manière de se faire aimer que de venir se planter devant une femme avec un lorgnon[3], de la regarder des pieds à la tête, comme une poupée dans un étalage, et de lui dire bien agréablement : « Madame, je vous trouve charmante ! » Joignez à cela quelques phrases bien fades, un tour de valse, et un bouquet, voilà pourtant ce qu'on appelle faire sa cour. Fi donc ! Comment un homme d'esprit peut-il prendre goût à ces niaiseries-là ? Cela me met en colère, quand j'y pense.

LE COMTE. – Il n'y a pourtant pas de quoi se fâcher.

---

1. La marquise laisse entendre que si elle n'éprouve aucune passion, c'est de la faute des hommes qui ne savent pas l'émouvoir.

2. Cette expression souligne la justesse d'une remarque ; c'est une concession faite à l'interlocuteur, avant de lui opposer un argument introduit par « mais ».

3. ***Lorgnon*** : paire de lunettes sans branches, que l'on tient à la main ou qu'un ressort fait tenir sur le nez.

LA MARQUISE. – Ma foi, si. Il faut supposer à une femme une tête bien vide et un grand fonds de sottise, pour se figurer qu'on la charme avec des pareils ingrédients. Croyez-vous que ce soit bien divertissant de passer sa vie au milieu d'un déluge de fadaises[1], et d'avoir du matin au soir les oreilles pleines de balivernes[2] ? Il me semble, en vérité, que, si j'étais homme et si je voyais une jolie femme, je me dirais : « Voilà une pauvre créature qui doit être bien assommée de compliments. » Je l'épargnerais, j'aurais pitié d'elle, et, si je voulais essayer de lui plaire, je lui ferais l'honneur de lui parler d'autre chose que de son malheureux visage. Mais non, toujours : « Vous êtes jolie », et puis : « Vous êtes jolie », et encore « jolie ». Eh ! mon Dieu ! on le sait bien. Voulez-vous que je vous dise ? Vous autres, hommes à la mode, vous n'êtes que des confiseurs[3] déguisés.

LE COMTE. – Eh bien ! madame, vous êtes charmante, prenez-le comme vous voudrez[4].

(On entend la sonnette.)

On sonne de nouveau ; adieu, je me sauve.

(Il se lève et ouvre la porte.)

LA MARQUISE. – Attendez donc, j'avais à dire... je ne sais plus ce que c'était... Ah ! passez-vous par hasard du côté de Fossin[5], dans vos courses[6] ?

LE COMTE. – Ce ne sera pas par hasard, madame, si je puis vous être bon à quelque chose.

---

1. ***Fadaises*** : propos plats, sots, sans intérêt.
2. ***Balivernes*** : propos futiles et creux.
3. ***Confiseurs*** : au sens propre, ce terme désigne les fabricants de sucreries ; il qualifie ici les hommes à la mode, ces faiseurs de sucreries, de propos « mielleux », qui se veulent agréables.
4. L'adjectif « charmante » utilisé par le comte peut en effet être compris de deux manières. Employé au sens propre, il est un compliment adressé à la marquise ; employé ironiquement, il signifie que la marquise est désagréable.
5. ***Fossin*** : bijoutier de la famille royale situé rue de Richelieu, à Paris.
6. ***Courses*** : déplacements.

LA MARQUISE. – Encore un compliment ! Mon Dieu, que vous m'ennuyez ! C'est une bague que j'ai cassée ; je pourrais bien l'envoyer tout bonnement, mais c'est qu'il faut que je vous explique... *(Elle ôte la bague de son doigt.)* Tenez, voyez-vous, c'est le chaton[1]. Il y a là une petite pointe, vous voyez bien, n'est-ce pas ? Ça s'ouvrait de côté, par là ; je l'ai heurté ce matin je ne sais où, le ressort a été forcé.

LE COMTE. – Dites donc, marquise, sans indiscrétion, il y avait des cheveux là-dedans.

LA MARQUISE. – Peut-être bien. Qu'avez-vous à rire ?

LE COMTE. – Je ne ris pas le moins du monde.

LA MARQUISE. – Vous êtes un impertinent ; ce sont des cheveux de mon mari[2]. Mais je n'entends personne. Qui avait donc sonné encore ?

LE COMTE, *regardant à la fenêtre.* – Une autre petite fille, et un autre carton. Encore un bonnet, je suppose. À propos, avec tout cela, vous me devez une confidence.

LA MARQUISE. – Fermez donc cette porte, vous me glacez.

LE COMTE. – Je m'en vais. Mais vous me promettez de me répéter ce qu'on vous a dit de moi, n'est-ce pas, marquise ?

LA MARQUISE. – Venez ce soir au bal, nous causerons.

LE COMTE. – Ah ! parbleu ! oui, causer dans un bal ! Joli endroit de conversation, avec accompagnement de trombones et un tintamarre de verres d'eau sucrée ! L'un vous marche sur le pied, l'autre vous pousse le coude, pendant qu'un laquais tout

---

1. ***Chaton*** : partie centrale d'une bague, occupée par une pierre, une perle ou encore, comme ici, par une petite boîte destinée à recevoir un souvenir.
2. La marquise est veuve.

poissé vous fourre une glace dans votre poche. Je vous demande un peu si c'est là…

LA MARQUISE. – Voulez-vous rester ou sortir ? Je vous répète que vous m'enrhumez. Puisque personne ne vient, qu'est-ce qui vous chasse ?

LE COMTE, *fermant la porte et venant se rasseoir.* – C'est que je me sens, malgré moi, de si mauvaise humeur, que je crains vraiment de vous excéder [1]. Il faut décidément que je cesse de venir chez vous.

LA MARQUISE. – C'est honnête [2] ; et à propos de quoi ?

LE COMTE. – Je ne sais pas, mais je vous ennuie, vous me le disiez vous-même tout à l'heure, et je le sens bien ; c'est très naturel. C'est ce malheureux logement que j'ai là en face ; je ne peux pas sortir sans regarder vos fenêtres, et j'entre ici machinalement, sans réfléchir à ce que j'y viens faire.

LA MARQUISE. – Si je vous ai dit que vous m'ennuyiez ce matin [3], c'est que ce n'est pas une habitude. Sérieusement, vous me feriez de la peine ; j'ai beaucoup de plaisir à vous voir.

LE COMTE. – Vous ? Pas du tout. Savez-vous ce que je vais faire ? Je vais retourner en Italie.

LA MARQUISE. – Ah ! qu'est-ce que dira mademoiselle… ?

LE COMTE. – Quelle demoiselle, s'il vous plaît ?

LA MARQUISE. – Mademoiselle je ne sais qui, mademoiselle votre protégée. Est-ce que je sais le nom de vos danseuses [4] ?

---

1. ***Excéder*** : exaspérer, dépasser les limites du supportable.
2. ***Honnête*** : élégant et courtois.
3. ***Ce matin*** : ce jour.
4. La marquise révèle finalement la rumeur qui attribue au comte une liaison avec une danseuse de l'Opéra. Les demoiselles de l'Opéra avaient la …/…

LE COMTE. – Ah ! c'est donc là ce beau propos, qu'on vous a tenu sur mon compte ?

LA MARQUISE. – Précisément. Est-ce que vous niez ?

LE COMTE. – C'est un conte à dormir debout.

LA MARQUISE. – Il est fâcheux qu'on vous ait vu très distinctement au spectacle avec un certain chapeau rose à fleurs, comme il n'en fleurit qu'à l'Opéra. Vous êtes dans les chœurs [1], mon voisin ; cela est connu de tout le monde.

LE COMTE. – Comme votre mariage avec M. Camus.

LA MARQUISE. – Vous y revenez ? Eh bien ! pourquoi pas ? M. Camus est un fort honnête homme ; il est plusieurs fois millionnaire ; son âge, bien qu'assez respectable, est juste à point pour un mari. Je suis veuve, et il est garçon ; il est très bien quand il a des gants.

LE COMTE. – Et un bonnet de nuit : cela doit lui aller.

LA MARQUISE. – Voulez-vous bien vous taire, s'il vous plaît ! Est-ce qu'on parle de choses pareilles ?

LE COMTE. – Dame ! à quelqu'un qui peut les voir !

.../... réputation d'être de mœurs légères, d'où le reproche qui suit : « ces jolies façons-là », l. 256.

1. Dans la tragédie grecque, le chœur se compose d'un groupe de personnes dont le rôle est de ponctuer les différentes étapes de la pièce en ayant recours à la danse et au chant. Il exprime et commente certaines appréhensions, certains sentiments des personnages de la pièce et, par conséquent, s'en fait en quelque sorte l'écho. « Vous êtes dans les chœurs » peut ainsi signifier « les gens se font l'écho de votre conduite ». Mais « chœur », référant à cette pratique de la tragédie grecque, désigne aussi un groupe de danseurs. La langue classique nomme ainsi « chœur » un corps de ballet. La marquise disant « Vous êtes dans les chœurs » peut donc évoquer la liaison du comte avec une danseuse, l'homophonie de « chœur » et « cœur » jouant alors pleinement.

LA MARQUISE. – Ce sont apparemment ces demoiselles qui vous apprennent ces jolies façons-là.

LE COMTE, *se levant et prenant son chapeau.* – Tenez, marquise, je vous dis adieu. Vous me feriez dire quelque sottise[1].

LA MARQUISE. – Quel excès de délicatesse !

LE COMTE. – Non, mais, en vérité, vous êtes trop cruelle[2] ! C'est bien assez de défendre qu'on vous aime[3], sans m'accuser d'aimer ailleurs.

LA MARQUISE. – De mieux en mieux. Quel ton tragique ! Moi, je vous ai défendu de m'aimer ?

LE COMTE. – Certainement, – de vous en parler, du moins.

LA MARQUISE. – Eh bien ! je vous le permets ; voyons votre éloquence.

LE COMTE. – Si vous le disiez sérieusement...

LA MARQUISE. – Que vous importe ? pourvu que je le dise.

LE COMTE. – C'est que, tout en riant[4], il pourrait bien y avoir quelqu'un ici qui courût des risques.

LA MARQUISE. – Oh ! oh ! de grands périls, monsieur ?

LE COMTE. – Peut-être, madame ; mais, par malheur, le danger ne serait que pour moi.

---

1. Il s'agit d'une réplique qu'Orgon adresse à sa mère dans la pièce de Molière, *Tartuffe* (acte V, scène 3, v. 1689).
2. ***Cruelle*** : qui ne répond pas à l'amour qu'on lui porte. Ce terme appartient au registre de la tragédie, ce qui explique la remarque de la marquise, l. 263-264.
3. ***De défendre qu'on vous aime*** : de me défendre de vous aimer. C'est par pudeur, par discrétion que le comte emploie le pronom « on » pour se désigner.
4. ***Tout en riant*** : bien que vous riiez.

LA MARQUISE. – Quand on a peur, on ne fait pas le brave. Eh bien ! voyons. Vous ne dites rien ? Vous me menacez, je m'expose, et vous ne bougez pas ? Je m'attendais à vous voir au moins vous précipiter à mes pieds comme Rodrigue[1] ou M. Camus lui-même. Il y serait déjà, à votre place.

LE COMTE. – Cela vous divertit donc beaucoup de vous moquer du pauvre monde ?

LA MARQUISE. – Et vous, cela vous surprend donc bien qu'on ose vous braver[2] en face ?

LE COMTE. – Prenez garde ! Si vous êtes brave, j'ai été hussard[3], moi, madame, je suis bien aise de vous le dire, et il n'y a pas encore si longtemps.

LA MARQUISE. – Vraiment ! Eh bien, à la bonne heure. Une déclaration de hussard[4], cela doit être curieux ! Je n'ai jamais vu cela de ma vie. Voulez-vous que j'appelle ma femme de chambre ? Je suppose qu'elle saura vous répondre. Vous me donnerez une représentation.

(On entend la sonnette.)

LE COMTE. – Encore cette sonnerie ! Adieu donc, marquise. Je ne vous en tiens pas quitte, au moins.

(Il ouvre la porte.)

LA MARQUISE. – À ce soir, toujours, n'est-ce pas ? Mais qu'est-ce donc que ce bruit que j'entends ?

LE COMTE, *regardant à la fenêtre.* – C'est le temps qui vient de changer. Il pleut et il grêle à faire plaisir. On vous apporte un troisième bonnet, et je crains bien qu'il n'y ait un rhume dedans.

---

1. ***Rodrigue*** : personnage du *Cid* (1636) de Corneille, partagé entre son amour pour Chimène et son devoir de vengeance.

2. ***Braver*** : provoquer, défier.

3. ***Hussard*** : soldat de cavalerie.

4. Les manières de soldat sont supposées n'être pas assez distinguées pour la marquise, qui les juge plus appropriées à sa femme de chambre.

LA MARQUISE. – Mais ce tapage-là, est-ce que c'est le tonnerre ? en plein mois de janvier ! Et les almanachs [1] ?

LE COMTE. – Non ; c'est seulement un ouragan, une espèce de trombe [2] qui passe.

LA MARQUISE. – C'est effrayant. Mais fermez donc la porte ; vous ne pouvez pas sortir de ce temps-là. Qu'est-ce qui peut produire une chose pareille ?

LE COMTE, *fermant la porte*. – Madame, c'est la colère céleste qui châtie les carreaux de vitre, les parapluies, les mollets des dames et les tuyaux de cheminée.

LA MARQUISE. – Et mes chevaux qui sont sortis !

LE COMTE. – Il n'y a pas de danger pour eux, s'il ne leur tombe rien sur la tête.

LA MARQUISE. – Plaisantez donc à votre tour ! Je suis très propre, moi, monsieur, je n'aime pas à crotter mes chevaux. C'est inconcevable ! Tout à l'heure il faisait le plus beau ciel du monde.

LE COMTE. – Vous pouvez bien compter, par exemple, qu'avec cette grêle vous n'aurez personne. Voilà un jour de moins parmi vos jours.

LA MARQUISE. – Non pas, puisque vous êtes venu. Posez donc votre chapeau qui m'impatiente.

LE COMTE. – Un compliment, madame ! Prenez garde. Vous qui faites profession de les haïr [3], on pourrait prendre les vôtres pour la vérité.

---

1. ***Almanachs*** : calendriers accompagnés de prévisions météorologiques. Cette remarque signifie que le temps n'est pas conforme à cette période de l'année, ni même aux prévisions.

2. ***Trombe*** : tornade.

3. ***Vous qui faites profession de les haïr*** : vous qui vous vantez, qui vous targuez de les haïr.

La Marquise. – Mais je vous le dis, et c'est très vrai. Vous me faites grand plaisir en venant me voir.

Le Comte, *se rasseyant près de la marquise.* – Alors laissez-moi vous aimer.

La Marquise. – Mais je vous le dis aussi, je le veux bien ; cela ne me fâche pas le moins du monde.

Le Comte. – Alors laissez-moi vous en parler.

La Marquise. – À la hussarde, n'est-il pas vrai ?

Le Comte. – Non, madame ; soyez convaincue qu'à défaut de cœur j'ai assez de bon sens pour vous respecter. Mais il me semble qu'on a bien le droit, sans offenser une personne qu'on respecte…

La Marquise. – D'attendre que la pluie soit passée, n'est-ce pas ? Vous êtes entré ici tout à l'heure sans savoir pourquoi, vous l'avez dit vous-même ; vous étiez ennuyé, vous ne saviez que faire, vous pouviez même passer pour assez grognon. Si vous aviez trouvé ici trois personnes, les premières venues, là, au coin du feu, vous parleriez, à l'heure qu'il est, littérature ou chemins de fer[1], après quoi vous iriez dîner. C'est donc parce que je me suis trouvée seule que vous vous croyez tout à coup obligé, oui, obligé, pour votre honneur, de me faire cette même cour, cette éternelle, insupportable cour, qui est une chose si inutile, si ridicule, si rebattue. Mais qu'est-ce que je

---

1. Les chemins de fer sont un sujet d'actualité. C'est en 1827 que fut construite la première ligne de chemin de fer en France. Longue de vingt kilomètres, elle était destinée au transport de charbon. En 1832, une deuxième ligne fut ouverte, assurant le transport des marchandises et des hommes entre Lyon et Saint-Étienne. Cette année-là fut également entrepris un vaste réseau de construction de chemin de fer en étoile, autour de Paris. En 1842, un accident sur la ligne de Versailles faisant dix-sept morts avait suscité beaucoup de commentaires hostiles à ce mode de transport.

vous ai donc fait ? Qu'il arrive ici une visite, vous allez peut-être avoir de l'esprit ; mais je suis seule, vous voilà plus banal qu'un vieux couplet de vaudeville [1] ; et vite, vous abordez votre thème, et si je voulais vous écouter, vous m'exhiberiez une déclaration, vous me réciteriez votre amour. Savez-vous de quoi les hommes ont l'air en pareil cas ? De ces pauvres auteurs sifflés qui ont toujours un manuscrit dans leur poche, quelque tragédie inédite et injouable, et qui vous tirent cela pour vous en assommer, dès que vous êtes seul un quart d'heure avec eux.

LE COMTE. – Ainsi, vous me dites que je ne vous déplais pas, je vous réponds que je vous aime, et puis c'est tout, à votre avis ?

LA MARQUISE. – Vous ne m'aimez pas plus que le Grand Turc [2].

LE COMTE. – Oh ! par exemple, c'est trop fort. Écoutez-moi un seul instant, et si vous ne me croyez pas sincère...

LA MARQUISE. – Non, non, et non ! Mon Dieu ! Croyez-vous que je ne sache pas ce que vous pourriez me dire ? J'ai très bonne opinion de vos études ; mais, parce que vous avez de l'éducation, pensez-vous que je n'aie rien lu ? Tenez, je connaissais un homme d'esprit qui avait acheté, je ne sais où, une collection de cinquante lettres [3], assez bien faites, très proprement écrites, des lettres d'amour, bien entendu. Ces cinquante lettres étaient graduées de façon à composer une sorte de petit roman, où toutes les situations étaient prévues. Il y en avait pour les déclarations, pour les dépits, pour les espérances, pour les moments d'hypocrisie où l'on se rabat sur

---

1. ***Vaudeville*** : comédie légère, aux intrigues nombreuses et aux rebondissements multiples.

2. ***Le Grand Turc*** : le sultan, l'empereur des Turcs.

3. L'anecdote se trouve relatée par Stendhal dans *Le Rouge et le Noir* (IIe partie, chapitre XXIV).

l'amitié, pour les brouilles, pour les désespoirs, pour les instants de jalousie, pour la mauvaise humeur, même pour les jours de pluie comme aujourd'hui. J'ai lu ces lettres. L'auteur prétendait, dans une sorte de préface, en avoir fait usage pour lui-même, et n'avoir jamais trouvé une femme qui résistât plus tard que le trente-troisième numéro. Eh bien ! j'ai résisté, moi, à toute la collection. Je vous demande si j'ai de la littérature [1], et si vous pourriez vous flatter de m'apprendre quelque chose de nouveau.

LE COMTE. – Vous êtes bien blasée [2], marquise !

LA MARQUISE. – Des injures ? J'aime mieux cela ; c'est moins fade que ces sucreries [3].

LE COMTE. – Oui, en vérité, vous êtes bien blasée.

LA MARQUISE. – Vous le croyez ? Eh bien ! pas du tout.

LE COMTE. – Comme une vieille Anglaise [4], mère de quatorze enfants.

LA MARQUISE. – Comme la plume qui danse sur mon chapeau. Vous vous figurez donc que c'est une science bien profonde que de vous savoir tous par cœur ? Mais il n'y a pas besoin d'étudier pour apprendre ; il n'y a qu'à vous laisser faire. Réfléchissez ; c'est un calcul bien simple. Les hommes assez braves pour respecter nos pauvres oreilles, et pour ne pas tomber dans la sucrerie, sont extrêmement rares. D'un autre côté, il n'est pas contestable que, dans ces tristes instants où vous tâchez de mentir pour essayer de plaire, vous vous ressemblez tous

1. On dit désormais « avoir des lettres », ce qui signifie « être cultivé ».
2. ***Blasée*** : se dit d'une personne que plus rien ne surprend, qui n'apprécie plus rien.
3. Voir note 3, p. 35.
4. Selon une idée reçue, on jugeait les Anglaises insensibles à la passion amoureuse.

comme des capucins de cartes [1]. Heureusement pour nous, la justice du Ciel n'a pas mis à votre disposition un vocabulaire très varié. Vous n'avez tous, comme on dit, qu'une chanson, en sorte que le seul fait d'entendre les mêmes phrases, la seule répétition des mêmes mots, des mêmes gestes apprêtés, des mêmes regards tendres, le spectacle seul de ces figures diverses qui peuvent être plus ou moins bien par elles-mêmes, mais qui prennent toutes, dans ces moments funestes, la même physionomie humblement conquérante, cela nous sauve par l'envie de rire, ou du moins par le simple ennui. Si j'avais une fille, et si je voulais la préserver de ces entreprises qu'on appelle dangereuses, je me garderais bien de lui défendre d'écouter les pastorales [2] de ses valseurs. Je lui dirais seulement : « N'en écoute pas un seul, écoute-les tous ; ne ferme pas le livre et ne marque pas la page ; laisse-le ouvert, laisse ces messieurs te raconter leurs petites drôleries. Si, par malheur, il y en a un qui te plaît, ne t'en défends pas, attends seulement ; il en viendra un autre tout pareil qui te dégoûtera de tous les deux. Tu as quinze ans, je suppose ; eh bien, mon enfant, cela ira ainsi jusqu'à trente, et ce sera toujours la même chose. » Voilà mon histoire et ma science ; appelez-vous cela être blasée ?

LE COMTE. – Horriblement, si ce que vous dites est vrai ; et cela semble si peu naturel que le doute pourrait être permis.

---

1. ***Capucins de cartes*** : cartes disposées deux à deux, l'une contre l'autre, pour les faire tenir debout, le triangle dessiné par les cartes évoquant la silhouette des capucins (moines franciscains portant un vêtement doté d'une grande capuche).

2. Le mot « pastorale » s'applique habituellement à une œuvre littéraire ou encore musicale et artistique, évoquant les mœurs champêtres et la vie des bergers et des bergères. Hérité de l'Antiquité, le genre de la pastorale fut très en vogue du XVIe au XVIIIe siècle. Il désignait alors les œuvres relatant les amours des bergères et des bergers. Au XIXe siècle, ce genre a passé de mode et le terme reçoit une connotation négative. Dans la réplique de la marquise, les « pastorales » sont les discours amoureux récités par les hommes.

LA MARQUISE. – Qu'est-ce que cela me fait que vous me croyiez ou non ?

LE COMTE. – Encore mieux. Est-ce bien possible ? Quoi ! à votre âge, vous méprisez l'amour ? Les paroles d'un homme qui vous aime vous font l'effet d'un méchant roman ? Ses regards, ses gestes, ses sentiments vous semblent une comédie ? Vous vous piquez de dire vrai, et vous ne voyez que mensonge dans les autres ? Mais d'où revenez-vous donc, marquise ? Qu'est-ce qui vous a donné ces maximes-là [1] ?

LA MARQUISE. – Je reviens de loin, mon voisin.

LE COMTE. – Oui, de nourrice. Les femmes s'imaginent qu'elles savent toute chose au monde ; elles ne savent rien du tout. Je vous le demande à vous-même, quelle expérience pouvez-vous avoir ? Celle de ce voyageur qui, à l'auberge, avait vu une femme rousse, et qui écrivait sur son journal : « Les femmes sont rousses dans ce pays-ci. »

LA MARQUISE. – Je vous avais prié de mettre une bûche au feu.

LE COMTE, *mettant la bûche*. – Être prude [2], cela se conçoit ; dire non, se boucher les oreilles, haïr l'amour, cela se peut ; mais le nier, quelle plaisanterie ! Vous découragez un pauvre diable en lui disant : « Je sais ce que vous allez me dire. » Mais n'est-il pas en droit de vous répondre : « Oui, madame, vous le savez peut-être ; et moi aussi, je sais ce qu'on dit quand on aime, mais je l'oublie en vous parlant ! » Rien n'est nouveau sous le soleil [3] ; mais je dis à mon tour : « Qu'est-ce que cela prouve ? »

LA MARQUISE. – À la bonne heure, au moins ! vous parlez très bien ; à peu de chose près, c'est comme un livre.

1. ***Maximes*** : pensées considérées comme des vérités générales.
2. ***Prude*** : réservée, vertueuse.
3. Traduction de l'Ecclésiaste, livre de la Bible (I, 9).

LE COMTE. – Oui, je parle, et je vous assure que, si vous êtes telle qu'il vous plaît de le paraître, je vous plains très sincèrement.

LA MARQUISE. – À votre aise ; faites comme chez vous.

LE COMTE. – Il n'y a rien là qui puisse vous blesser. Si vous avez le droit de nous attaquer, n'avons-nous pas raison de nous défendre ? Quand vous nous comparez à des auteurs sifflés, quel reproche croyez-vous nous faire ? Eh ! mon Dieu ! si l'amour est une comédie...

LA MARQUISE. – Le feu ne va pas ; la bûche est de travers.

LE COMTE, *arrangeant le feu.* – Si l'amour est une comédie, cette comédie, vieille comme le monde, sifflée ou non, est, au bout du compte, ce qu'on a encore trouvé de moins mauvais. Les rôles sont rebattus, j'y consens ; mais, si la pièce ne valait rien, tout l'univers ne la saurait pas par cœur ; – et je me trompe en disant qu'elle est vieille. Est-ce être vieux que d'être immortel ?

LA MARQUISE. – Monsieur, voilà de la poésie.

LE COMTE. – Non, madame ; mais ces fadaises [1], ces balivernes [2] qui vous ennuient, ces compliments, ces déclarations, tout ce radotage, sont de très bonnes anciennes choses, convenues, si vous voulez, fatigantes, ridicules parfois, mais qui en accompagnent une autre, laquelle est toujours jeune.

LA MARQUISE. – Vous vous embrouillez ; qu'est-ce qui est toujours vieux, et qu'est-ce qui est toujours jeune ?

LE COMTE. – L'Amour.

LA MARQUISE. – Monsieur, voilà de l'éloquence.

1. ***Fadaises*** : voir note 1, p. 35.
2. ***Balivernes*** : voir note 2, p. 35.

LE COMTE. – Non, madame ; je veux dire ceci : que l'Amour est immortellement jeune, et que les façons de l'exprimer sont et demeureront éternellement vieilles. Les formes usées, les redites, ces lambeaux de romans qui vous sortent du cœur on ne sait pas pourquoi, tout cet entourage, tout cet attirail, c'est un cortège de vieux chambellans [1], de vieux diplomates, de vieux ministres, c'est le caquet [2] de l'antichambre d'un roi ; tout cela passe, mais ce roi-là ne meurt pas. L'Amour est mort, vive l'Amour [3] !

LA MARQUISE. – L'Amour ?

LE COMTE. – L'Amour. Et quand même on ne ferait que s'imaginer...

LA MARQUISE. – Donnez-moi l'écran [4] qui est là.

LE COMTE. – Celui-là ?

LA MARQUISE. – Non, celui de taffetas [5] ; voilà votre feu qui m'aveugle.

LE COMTE, *donnant l'écran à la marquise.* – Quand même on ne ferait que s'imaginer qu'on aime, est-ce que ce n'est pas une chose charmante ?

LA MARQUISE. – Mais, je vous dis, c'est toujours la même chose.

LE COMTE. – Et toujours nouveau, comme dit la chanson. Que voulez-vous donc qu'on invente ? Il faut apparemment qu'on vous aime en hébreu. Cette Vénus [6] qui est là sur votre

---

1. ***Chambellans*** : gentilshommes de la Cour chargés du service de la chambre du souverain.
2. ***Caquet*** : bavardage.
3. Musset fait ici écho à la formule « Le roi est mort, vive le roi ! » (en effet, à la mort du roi, on proclamait roi son successeur).
4. ***Écran*** : sorte d'éventail utilisé pour se protéger de l'ardeur du feu.
5. ***Taffetas*** : tissu de soie.
6. ***Cette Vénus*** : cette représentation de Vénus, déesse de l'Amour.

pendule, c'est aussi toujours la même chose ; en est-elle moins belle, s'il vous plaît ? Si vous ressemblez à votre grand-mère, est-ce que vous en êtes moins jolie ?

LA MARQUISE. – Bon, voilà le refrain : jolie. Donnez-moi le coussin qui est près de vous.

LE COMTE, *prenant le coussin et le tenant à la main.* – Cette Vénus est faite pour être belle, pour être aimée et admirée, cela ne l'ennuie pas du tout. Si le beau corps trouvé à Milo [1] a jamais eu un modèle vivant, assurément cette grande gaillarde a eu plus d'amoureux qu'il ne lui en fallait, et elle s'est laissé aimer comme une autre, comme sa cousine Astarté [2], comme Aspasie [3] et Manon Lescaut [4].

LA MARQUISE. – Monsieur, voilà de la mythologie.

LE COMTE, *tenant toujours le coussin.* – Non, madame ; mais je ne puis dire combien cette indifférence à la mode, cette froideur qui raille et dédaigne, cet air d'expérience qui réduit tout à rien, me font peine à voir à une jeune femme. Vous n'êtes pas la première chez qui je les rencontre ; c'est une maladie qui court les salons [5]. On se détourne, on bâille, comme vous en ce moment, on dit qu'on ne veut pas entendre parler d'amour.

---

1. Il s'agit de la Vénus trouvée à Milo, île grecque de la mer Égée, en 1820. Cette statue antique, d'époque incertaine, est aujourd'hui conservée au Louvre.

2. ***Astarté*** : déesse de l'Amour honorée en Asie Mineure.

3. ***Aspasie*** : courtisane célèbre pour son intelligence, compagne de Périclès, homme politique athénien du Ve siècle av. J.-C.

4. ***Manon Lescaut*** : héroïne du roman éponyme de l'abbé Prévost (1731). Manon, bien qu'amoureuse du chevalier des Grieux et bien qu'aimée de lui, vend ses charmes à d'autres hommes.

5. Dans *La Confession d'un enfant du siècle* (I, 2), on lit déjà cette remarque : « se railler de la gloire, de la religion de l'amour, de tout au monde est une grande consolation pour ceux qui ne savent que faire ; ils se moquent par là d'eux-mêmes et se donnent raison tout en se faisant la leçon ».

Alors, pourquoi mettez-vous de la dentelle ? Qu'est-ce que ce pompon-là fait sur votre tête ?

LA MARQUISE. – Et qu'est-ce que ce coussin fait dans votre main ? Je vous l'avais demandé pour le mettre sous mes pieds.

LE COMTE. – Eh bien ! l'y voilà, et moi aussi ; et je vous ferai une déclaration, bon gré, mal gré, vieille comme les rues et bête comme une oie ; car je suis furieux contre vous.

(Il pose le coussin à terre devant la marquise, et se met à genoux dessus.)

LA MARQUISE. – Voulez-vous me faire la grâce de vous ôter de là, s'il vous plaît !

LE COMTE. – Non ; il faut d'abord que vous m'écoutiez.

LA MARQUISE. – Vous ne voulez pas vous lever ?

LE COMTE. – Non, non et non ! comme vous le disiez tout à l'heure, à moins que vous ne consentiez à m'entendre.

LA MARQUISE. – J'ai bien l'honneur de vous saluer.

(Elle se lève.)

LE COMTE, *toujours à genoux.* – Marquise, au nom du Ciel ! cela est trop cruel. Vous me rendez fou, vous me désespérez.

LA MARQUISE. – Cela vous passera au *Café de Paris* [1].

LE COMTE, *de même.* – Non, sur l'honneur, je parle du fond de l'âme. Je conviendrai, tant que vous voudrez, que j'étais entré ici sans dessein [2] ; je ne comptais que vous voir en passant, témoin cette porte que j'ai ouverte trois fois pour m'en aller. La conversation que nous venons d'avoir, vos railleries, votre froideur même, m'ont entraîné plus loin qu'il ne fallait peut-être ; mais ce n'est pas d'aujourd'hui seulement, c'est du premier jour

1. ***Café de Paris*** : célèbre café du boulevard des Italiens, à Paris.
2. ***Dessein*** : projet, intention.

où je vous ai vue, que je vous aime, que je vous adore… Je n'exagère pas en m'exprimant ainsi… ; oui, depuis plus d'un an, je vous adore ; je ne songe…

LA MARQUISE. – Adieu.

(La marquise sort et laisse la porte ouverte.)

LE COMTE, *demeuré seul, reste un moment encore à genoux, puis il se lève et dit :* – C'est la vérité que cette porte est glaciale.

(Il va pour sortir et voit la marquise.)

LE COMTE. – Ah ! marquise, vous vous moquez de moi !

LA MARQUISE, *appuyée sur la porte entrouverte.* – Vous voilà debout ?

LE COMTE. – Oui, et je m'en vais pour ne plus jamais vous revoir.

LA MARQUISE. – Venez ce soir au bal, je vous garde une valse.

LE COMTE. – Jamais, jamais je ne vous reverrai ! je suis au désespoir, je suis perdu.

LA MARQUISE. – Qu'avez-vous ?

LE COMTE. – Je suis perdu, je vous aime comme un enfant. Je vous jure sur ce qu'il y a de plus sacré au monde…

LA MARQUISE. – Adieu.

(Elle veut sortir.)

LE COMTE. – C'est moi qui sors, madame ; restez, je vous en supplie. Ah ! je sens combien je vais souffrir !

LA MARQUISE, *d'un ton sérieux.* – Mais, enfin, monsieur, qu'est-ce que vous me voulez ?

LE COMTE. – Mais, madame, je veux…, je désirerais…

LA MARQUISE. – Quoi ? car enfin vous m'impatientez. Vous imaginez-vous que je vais être votre maîtresse, et hériter de vos chapeaux roses ? Je vous préviens qu'une pareille idée fait plus que me déplaire, elle me révolte.

LE COMTE. – Vous, marquise ! grand Dieu ! s'il était possible, ce serait ma vie entière que je mettrais à vos pieds ; ce serait mon nom, mes biens, mon honneur même que je voudrais vous confier. Moi, vous confondre un seul instant, je ne dis pas seulement avec ces créatures dont vous ne parlez que pour me chagriner, mais avec aucune femme au monde ! L'avez-vous bien pu supposer ? me croyez-vous si dépourvu de sens ? Mon étourderie ou ma déraison a-t-elle donc été[1] si loin que de vous faire douter de mon respect ? Vous qui me disiez tantôt que vous aviez quelque plaisir à me voir, peut-être quelque amitié pour moi – n'est-il pas vrai, marquise ? – pouvez-vous penser qu'un homme ainsi distingué par vous, que vous avez pu trouver digne d'une si précieuse, d'une si douce indulgence, ne saurait pas ce que vous valez ? Suis-je donc aveugle ou insensé ? Vous, ma maîtresse ! non pas, mais ma femme !

LA MARQUISE. – Ah ! – Eh bien ! si vous m'aviez dit cela en arrivant, nous ne nous serions pas disputés. – Ainsi, vous voulez m'épouser ?

LE COMTE. – Mais certainement, j'en meurs d'envie ; je n'ai jamais osé vous le dire, mais je ne pense pas à autre chose depuis un an ; je donnerais mon sang pour qu'il me fût permis d'avoir la plus légère espérance...

LA MARQUISE. – Attendez donc, vous êtes plus riche que moi.

LE COMTE. – Oh ! mon Dieu ! je ne crois pas, et qu'est-ce que cela vous fait ? Je vous en supplie, ne parlons pas de ces choses-là ! Votre sourire, en ce moment, me fait frémir d'espoir et de crainte. Un mot, par grâce ! ma vie est dans vos mains.

1. L'accord du verbe se fait au singulier parce que le mot « déraison » corrige le mot « étourderie ».

© Bernand

■ Le comte (Victor de Oliveira) et la marquise (Anne-Sophie Robin) dans une mise en scène de Philip Boulay (théâtre de Gennevilliers, 2001).

LA MARQUISE. – Je vais vous dire deux proverbes : le premier, c'est qu'il n'y a rien de tel que de s'entendre. Par conséquent, nous causerons [1] de ceci.

LE COMTE. – Ce que j'ai osé vous dire ne vous déplaît donc pas ?

LA MARQUISE. – Mais non. Voici mon second proverbe : c'est qu'il faut qu'une porte soit ouverte ou fermée. Or, voilà trois quarts d'heure que celle-ci, grâce à vous, n'est ni l'un ni l'autre, et cette chambre est parfaitement gelée. Par conséquent, aussi, vous allez me donner le bras pour aller dîner chez ma mère. Après cela, vous irez chez Fossin.

LE COMTE. – Chez Fossin, madame ? pour quoi faire ?

LA MARQUISE. – Ma bague !

LE COMTE. – Ah ! c'est vrai, je n'y pensais plus. Eh bien ! votre bague, marquise ?

LA MARQUISE. – Marquise, dites-vous ? Eh bien ! à ma bague il y a justement sur le chaton une petite couronne de marquise ; et comme cela peut servir de cachet… Dites donc, comte, qu'en pensez-vous ? Il faudra peut-être ôter les fleurons [2] ? Allons, je vais mettre un chapeau.

LE COMTE. – Vous me comblez de joie !… Comment vous exprimer…

LA MARQUISE. – Mais fermez donc cette malheureuse porte ! Cette chambre ne sera plus habitable.

(Le comte ferme la porte.)

1. ***Nous causerons*** : ici, nous débattrons.
2. ***Fleurons*** : ornements en forme de fleurs. La couronne de marquise a des fleurons, la couronne de comtesse n'en a pas.

Un caprice

PERSONNAGES

MATHILDE
CHAVIGNY
MADAME DE LÉRY
LE DOMESTIQUE

La scène se passe dans la chambre à coucher de Mathilde.

Scène I

MATHILDE, *seule, travaillant au filet*[1]

Encore un point, et j'ai fini.

(Elle sonne ; un domestique entre.)

Est-on venu de chez Janisset[2] ?

LE DOMESTIQUE. – Non, madame, pas encore.

MATHILDE. – C'est insupportable ; qu'on y retourne ! dépêchez-vous.

(Le domestique sort.)

J'aurais dû prendre les premiers glands[3] venus ; il est huit heures ; il est à sa toilette ; je suis sûre qu'il va venir ici avant que tout ne soit prêt. Ce sera encore un jour de retard.

(Elle se lève.)

Faire une bourse en cachette à son mari, cela passerait aux yeux de bien des gens pour un peu plus que romanesque. Après un an de mariage ! Qu'est-ce que Mme de Léry, par exemple, en dirait si elle le savait ? Et lui-même, qu'en pensera-t-il ? Bon ! il

---

1. ***Filet*** : technique consistant à fabriquer un tissu à mailles nouées, avec du fil.
2. ***Janisset*** : bijoutier-joaillier célèbre dont la boutique se trouvait passage des Panoramas, à Paris, boulevard Montmartre.
3. ***Glands*** : en passementerie, éléments de décoration souvent ornés de franges ; les glands sont ici destinés à être placés aux extrémités du cordon nouant la bourse.

rira peut-être du mystère, mais il ne rira pas du cadeau. Pourquoi ce mystère, en effet ? Je ne sais ; il me semble que je n'aurais pas travaillé de si bon cœur devant lui ; cela aurait eu l'air de lui dire : « Voyez comme je pense à vous ! » cela ressemblerait à un reproche ; tandis qu'en lui montrant mon petit travail fini, ce sera lui qui se dira que j'ai pensé à lui.

LE DOMESTIQUE, *rentrant.* – On apporte cela à madame de chez le bijoutier.

(Il donne un petit paquet à Mathilde.)

MATHILDE. – Enfin !

(Elle se rassoit.)

Quand M. de Chavigny viendra, prévenez-moi.

(Le domestique sort.)

Nous allons donc, ma chère petite bourse, vous faire votre dernière toilette. Voyons si vous serez coquette avec ces glands-là ? Pas mal. Comment serez-vous reçue maintenant ? Direz-vous tout le plaisir qu'on a eu à vous faire, tout le soin qu'on a pris de votre petite personne ? On ne s'attend pas à vous, mademoiselle. On n'a voulu vous montrer que dans tous vos atours. Aurez-vous un baiser pour votre peine [1] ? *(Elle baise sa bourse et s'arrête.)* Pauvre petite ! tu ne vaux pas grand-chose ; on ne te vendrait pas deux louis. Comment se fait-il qu'il me semble triste de me séparer de toi ? N'as-tu pas été commencée pour être finie le plus vite possible ? Ah ! tu as été commencée plus gaiement que je ne t'achève. Il n'y a pourtant que quinze jours de cela ; que quinze jours, est-ce possible ? Non, pas davantage ; et que de choses en quinze jours ! Arrivons-nous

---

1. Cette anecdote est directement inspirée d'un épisode de la vie de Musset. Une de ses maîtresses, Aimée d'Alton, future épouse de Paul de Musset, lui avait adressé une bourse qu'elle avait brodée et y avait glissé un billet contenant ces mots : « Quel accueil vous fera-t-on ? Aurez-vous un baiser pour votre peine ? » Dans *La Confession d'un enfant du siècle*, Musset rapporte un épisode semblable : « Je la priai avant qu'elle partît de me broder une bourse ; j'ai conservé longtemps cette triste relique. »

trop tard[1], petite ?... Pourquoi de telles idées ? On vient, je crois ; c'est lui ; il m'aime encore !

UN DOMESTIQUE, *entrant*. – Voilà monsieur le comte, madame.

MATHILDE. – Ah ! mon Dieu ! je n'ai mis qu'un gland et j'ai oublié l'autre. Sotte que je suis ! Je ne pourrai pas encore la lui donner aujourd'hui ! Qu'il attende un instant, une minute, au salon ! vite, avant qu'il n'entre...

LE DOMESTIQUE. – Le voilà, madame.

(Il sort. Mathilde cache sa bourse.)

1. Mathilde soupçonne son mari d'avoir une liaison.

Scène II

MATHILDE, CHAVIGNY

CHAVIGNY. – Bonsoir, ma chère ; est-ce que je vous dérange ?

(Il s'assoit.)

MATHILDE. – Moi, Henri ? quelle question !

CHAVIGNY. – Vous avez l'air troublé, préoccupé. J'oublie toujours, quand j'entre chez vous, que je suis votre mari, et je pousse la porte trop vite.

MATHILDE. – Il y a là un peu de méchanceté ; mais comme il y a aussi un peu d'amour, je ne vous embrasserai pas moins. *(Elle l'embrasse.)* Qu'est-ce que vous croyez donc être, monsieur, quand vous oubliez que vous êtes mon mari ?

CHAVIGNY. – Ton amant, ma belle ; est-ce que je me trompe ?

MATHILDE. – Amant et ami, tu ne te trompes pas.

(À part.)

J'ai envie de lui donner la bourse comme elle est.

CHAVIGNY. – Quelle robe as-tu donc ? Tu ne sors pas ?

MATHILDE. – Non, je voulais… j'espérais que peut-être…

CHAVIGNY. – Vous espériez ?… Qu'est-ce que c'est donc ?

MATHILDE. – Tu vas au bal ? tu es superbe.

CHAVIGNY. – Pas trop ; je ne sais si c'est ma faute ou celle du tailleur, mais je n'ai plus ma tournure du régiment [1].

MATHILDE. – Inconstant [2] ! vous ne pensez pas à moi en vous mirant dans cette glace.

CHAVIGNY. – Bah ! à qui donc ? Est-ce que je vais au bal pour danser ? Je vous jure bien que c'est une corvée, et que je m'y traîne sans savoir pourquoi.

MATHILDE. – Eh bien ! restez, je vous en supplie. Nous serons seuls, et je vous dirai...

CHAVIGNY. – Il me semble que ta pendule avance ; il ne peut pas être si tard.

MATHILDE. – On ne va pas au bal à cette heure-ci, quoi que puisse dire la pendule. Nous sortons de table il y a un instant.

CHAVIGNY. – J'ai dit d'atteler ; j'ai une visite à faire.

MATHILDE. – Ah ! c'est différent. Je... je ne savais pas... j'avais cru...

CHAVIGNY. – Eh bien ?

MATHILDE. – J'avais supposé... d'après ce que tu disais... Mais la pendule va bien ; il n'est que huit heures. Accordez-moi un petit moment. J'ai une petite surprise à vous faire.

CHAVIGNY, *se levant*. – Vous savez, ma chère, que je vous laisse libre et que vous sortez quand il vous plaît. Vous trouverez juste que ce soit réciproque. Quelle surprise me destinez-vous ?

---

1. ***Je n'ai plus ma tournure du régiment*** : je n'ai plus la silhouette que j'avais lorsque j'étais soldat. Par cette expression, M. de Chavigny indique qu'il a pris du poids.
2. ***Inconstant*** : infidèle.

MATHILDE. – Rien ! je n'ai pas dit ce mot-là, je crois.

CHAVIGNY. – Je me trompe donc, j'avais cru l'entendre. Avez-vous là ces valses de Strauss [1] ? Prêtez-les-moi, si vous n'en faites rien.

MATHILDE. – Les voilà ; les voulez-vous maintenant ?

CHAVIGNY. – Mais oui, si cela ne vous gêne pas. On me les a demandées pour un ou deux jours. Je ne vous en priverai pas longtemps.

MATHILDE. – Est-ce pour Mme de Blainville ?

CHAVIGNY, *prenant les valses.* – Plaît-il ? Ne parlez-vous pas de Mme de Blainville ?

MATHILDE. – Moi ! non. Je n'ai pas parlé d'elle.

CHAVIGNY. – Pour cette fois j'ai bien entendu.

(Il se rassoit.)

Qu'est-ce que vous dites de Mme de Blainville ?

MATHILDE. – Je pensais que mes valses étaient pour elle.

CHAVIGNY. – Et pourquoi pensiez-vous cela ?

MATHILDE. – Mais parce que… parce qu'elle les aime.

CHAVIGNY. – Oui, et moi aussi ; et vous aussi, je crois ? Il y en a une surtout ; comment est-ce donc ? Je l'ai oubliée… Comment dit-elle donc ?

MATHILDE. – Je ne sais pas si je m'en souviendrai.

(Elle se met au piano et joue.)

CHAVIGNY. – C'est cela même ! C'est charmant, divin, et vous la jouez comme un ange, ou, pour mieux dire, comme une vraie valseuse.

---

1. ***Johann Strauss*** : compositeur autrichien (1804-1849), auteur de nombreuses valses et airs de danse.

MATHILDE. – Est-ce aussi bien qu'elle, Henri ?

CHAVIGNY. – Qui, elle ? Mme de Blainville ? Vous y tenez, à ce qu'il paraît.

MATHILDE. – Oh ! pas beaucoup. Si j'étais homme, ce n'est pas elle qui me tournerait la tête.

CHAVIGNY. – Et vous auriez raison, madame. Il ne faut jamais qu'un homme se laisse tourner la tête, ni par une femme ni par une valse.

MATHILDE. – Comptez-vous jouer[1] ce soir, mon ami ?

CHAVIGNY. – Eh ! ma chère, quelle idée avez-vous ? On joue, mais on ne compte pas jouer.

MATHILDE. – Avez-vous de l'or dans vos poches ?

CHAVIGNY. – Peut-être bien. Est-ce que vous en voulez ?

MATHILDE. – Moi, grand Dieu ! que voulez-vous que j'en fasse ?

CHAVIGNY. – Pourquoi pas ? Si j'ouvre votre porte trop vite, je n'ouvre pas du moins vos tiroirs, et c'est peut-être un double tort que j'ai.

MATHILDE. – Vous mentez, monsieur ! il n'y a pas longtemps que je me suis aperçue que vous les aviez ouverts, et vous me laissez beaucoup trop riche.

CHAVIGNY. – Non pas, ma chère, tant qu'il y aura des pauvres. Je sais quel usage vous faites de votre fortune, et je vous demande de me permettre de faire la charité par vos mains.

MATHILDE. – Cher Henri ! que tu es noble et bon ! Dis-moi un peu : te souviens-tu d'un jour où tu avais une petite dette à payer, et où tu te plaignais de n'avoir pas de bourse ?

---

1. Les jeux d'argent étaient très répandus.

CHAVIGNY. – Quand donc ? Ah ! c'est juste. Le fait est que, quand on sort, c'est une chose insupportable de se fier à des poches qui ne tiennent à rien.

MATHILDE. – Aimerais-tu une bourse rouge avec un filet noir ?

CHAVIGNY. – Non, je n'aime pas le rouge. Parbleu ! tu me fais penser que j'ai justement là une bourse toute neuve d'hier ; c'est un cadeau.
Qu'en pensez-vous ? Est-ce de bon goût ?

(Il tire une bourse de sa poche.)

MATHILDE. – Voyons ; voulez-vous me la montrer ?

CHAVIGNY. – Tenez.

(Il la lui donne ; elle la regarde, puis la lui rend.)

MATHILDE. – C'est très joli. De quelle couleur est-elle ?

CHAVIGNY, *riant*. – De quelle couleur ? La question est excellente.

MATHILDE. – Je me trompe… Je veux dire… Qui est-ce qui vous l'a donnée ?

CHAVIGNY. – Ah ! c'est trop plaisant ! sur mon honneur ! vos distractions [1] sont adorables.

LE DOMESTIQUE, *annonçant*. – Mme de Léry !

MATHILDE. – J'ai défendu ma porte en bas.

CHAVIGNY. – Non, non, qu'elle entre ! Pourquoi ne pas la recevoir ?

MATHILDE. – Eh bien ! enfin, monsieur, cette bourse, peut-on savoir le nom de l'auteur ?

1. ***Distractions*** : étourderies.

Scène III

MATHILDE, CHAVIGNY, MADAME DE LÉRY,
en toilette de bal.

CHAVIGNY. – Venez, madame, venez, je vous en prie ; on n'arrive pas plus à propos. Mathilde vient de me faire une étourderie, qui, en vérité, vaut son pesant d'or. Figurez-vous que je lui montre cette bourse…

MADAME DE LÉRY. – Tiens ! c'est assez gentil. Voyons donc.

CHAVIGNY. – Je lui montre cette bourse ; elle la regarde, la tâte, la retourne, et me la rendant, savez-vous ce qu'elle me dit ? Elle me demande de quelle couleur elle est !

MADAME DE LÉRY. – Eh bien ! elle est bleue.

CHAVIGNY. – Eh oui ! elle est bleue… C'est bien certain… et c'est précisément le plaisant de l'affaire… Imaginez-vous qu'on le demande ?

MADAME DE LÉRY. – C'est parfait. Bonsoir, chère Mathilde ; venez-vous ce soir à l'ambassade ?

MATHILDE. – Non, je compte rester.

CHAVIGNY. – Mais vous ne riez pas de mon histoire ?

MADAME DE LÉRY. – Mais si. Et qui est-ce qui a fait cette bourse ? Ah ! je la reconnais, c'est Mme de Blainville. Comment ! vraiment, vous ne bougez pas[1] ?

CHAVIGNY, *brusquement*. – À quoi la reconnaissez-vous, s'il vous plaît ?

MADAME DE LÉRY. – À ce qu'elle est bleue justement. Je l'ai vue traîner pendant des siècles ; on a mis sept ans à la faire, et vous jugez si pendant ce temps-là elle a changé de destination. Elle a appartenu en idée à trois personnes de ma connaissance. C'est un trésor que vous avez là, M. de Chavigny ; c'est un vrai héritage[2] que vous avez fait.

CHAVIGNY. – On dirait qu'il n'y a qu'une bourse au monde.

MADAME DE LÉRY. – Non, mais il n'y a qu'une bourse bleue. D'abord, moi, le bleu m'est odieux : ça ne veut rien dire, c'est une couleur bête. Je ne peux pas me tromper sur une chose pareille. Il suffit que je l'aie vue une fois. Autant j'adore le lilas, autant je déteste le bleu.

MATHILDE. – C'est la couleur de la constance.

MADAME DE LÉRY. – Bah ! c'est la couleur des perruquiers[3]. Je ne viens qu'en passant, vous voyez, je suis en grand uniforme ; il faut arriver de bonne heure dans ce pays-là ; c'est une cohue à se casser le cou[4]. Pourquoi donc n'y venez-vous pas ? Je n'y manquerais pas pour un monde.

---

1. ***Vous ne bougez pas ?*** : vous ne sortez pas ?
2. Mme de Léry, employant ce terme, suggère que M. de Chavigny est le dernier de la lignée des amants de Mme de Blainville.
3. Le bleu est la couleur de la fidélité ; elle est aussi la couleur de saint Louis, patron des coiffeurs. La perruque, associée à l'Ancien Régime, prend une connotation très négative chez les romantiques.
4. ***Se casser le cou*** : se blesser grièvement en tombant.

MATHILDE. – Je n'y ai pas pensé, et il est trop tard à présent.

MADAME DE LÉRY. – Laissez donc, vous avez tout le temps. Tenez, chère, je vais sonner. Demandez une robe. Nous mettrons M. de Chavigny à la porte avec son petit meuble[1]. Je vous coiffe, je vous pose deux brins de fleurettes, et je vous enlève dans ma voiture. Allons, voilà une affaire bâclée[2] !

MATHILDE. – Pas pour ce soir ; je reste décidément[3].

MADAME DE LÉRY. – Décidément ! est-ce un parti pris ? M. de Chavigny, amenez donc Mathilde.

CHAVIGNY, *sèchement*. – Je ne me mêle des affaires de personne.

MADAME DE LÉRY. – Oh ! oh ! vous aimez le bleu[4], à ce qu'il paraît[5]. Eh bien ! écoutez ; savez-vous ce que je vais faire ? Donnez-moi du thé, je vais rester ici.

MATHILDE. – Que vous êtes gentille, chère Ernestine ! Non, je ne veux pas priver ce bal de sa reine. Allez me faire un tour de valse, et revenez à onze heures, si vous y pensez ; nous causerons seules au coin du feu, puisque M. de Chavigny nous abandonne.

CHAVIGNY. – Moi ? pas du tout : je ne sais si je sortirai.

MADAME DE LÉRY. – Eh bien ! c'est convenu, je vous quitte. À propos, vous savez mes malheurs ? j'ai été volée comme dans un bois[6].

---

1. ***Meuble*** : par ce terme, on désignait des objets variés (linge, mouchoir, vase)... ici, la bourse.

2. ***Bâclée*** : close.

3. ***Je reste décidément*** : je suis résolue à rester.

4. Mme de Léry comprend que la mauvaise humeur subite de M. de Chavigny est liée à ses remarques sur la bourse de Mme Blainville et le raille.

5. ***À ce qu'il paraît*** : à ce qu'il semble, selon les apparences.

6. « Volée comme dans un bois » est une expression proverbiale. Les brigands détroussaient les voyageurs dans des zones non habitées qui offraient des abris à leur fuite.

MATHILDE. – Volée ! qu'est-ce que vous voulez dire ?

MADAME DE LÉRY. – Quatre robes, ma chère, quatre amours de robes qui me venaient de Londres [1], perdues à la douane. Si vous les aviez vues, c'est à en pleurer ; il y en avait une perse [2] et une puce [3] ; on ne fera jamais rien de pareil.

MATHILDE. – Je vous plains bien sincèrement. On vous les a donc confisquées ?

MADAME DE LÉRY. – Pas du tout. Si ce n'était que cela, je crierais tant, qu'on me les rendrait, car c'est un meurtre. Me voilà nue pour cet été. Imaginez qu'ils m'ont lardé [4] mes robes ; ils ont fourré leur sonde [5] je ne sais par où dans ma caisse ; ils m'ont fait des trous à y mettre un doigt. Voilà ce qu'on m'apporte hier à déjeuner.

CHAVIGNY. – Il n'y en avait pas de bleue, par hasard ?

MADAME DE LÉRY. – Non, monsieur, pas la moindre. Adieu, belle ; je ne fais qu'une apparition. J'en suis, je crois, à ma douzième grippe de l'hiver ; je vais attraper ma treizième. Aussitôt fait, j'accours, et je me plonge dans vos fauteuils. Nous causerons douane, chiffons, pas vrai ? Non, je suis toute triste, nous ferons du sentiment. Enfin, n'importe ! Bonsoir, monsieur de l'azur… Si vous me reconduisez, je ne reviens pas.

(Elle sort.)

---

1. Londres a une réputation d'élégance et de qualité pour ses tissus.

2. ***Perse*** : bleu nuit avec des nuances violettes ou vertes.

3. ***Puce*** : brun rouge assez foncé.

4. ***Lardé*** : troué.

5. ***Sonde*** : tige de fer terminée par un manche en bois dont se servaient les préposés d'une douane pour inspecter les voitures chargées et vérifier qu'elles ne contenaient pas de produits de contrebande.

Scène IV

CHAVIGNY, MATHILDE

CHAVIGNY. – Quel cerveau fêlé que cette femme ! Vous choisissez bien vos amies !

MATHILDE. – C'est vous qui avez voulu qu'elle montât.

CHAVIGNY. – Je parierais que vous croyez que c'est Mme de Blainville qui a fait ma bourse.

MATHILDE. – Non, puisque vous me dites le contraire.

CHAVIGNY. – Je suis sûr que vous le croyez.

MATHILDE. – Et pourquoi en êtes-vous sûr ?

CHAVIGNY. – Parce que je connais votre caractère. Mme de Léry est votre oracle [1] ; c'est une idée qui n'a pas le sens commun [2].

MATHILDE. – Voilà un beau compliment que je ne mérite guère.

CHAVIGNY. – Oh ! mon Dieu, si ; et j'aimerais tout autant vous voir franche là-dessus que dissimulée.

---

1. ***Oracle*** : se dit d'une personne qui jouit d'une grande autorité, d'un grand crédit auprès d'une autre.
2. ***C'est une idée qui n'a pas le sens commun*** : c'est une idée déraisonnable.

MATHILDE. – Mais si je ne le crois pas, je ne puis feindre de le croire pour vous paraître sincère.

CHAVIGNY. – Je vous dis que vous le croyez ; c'est écrit sur votre visage.

MATHILDE. – S'il faut le dire pour vous satisfaire, eh bien ! j'y consens, je le crois.

CHAVIGNY. – Vous le croyez ? et quand cela serait vrai, quel mal y aurait-il ?

MATHILDE. – Aucun, et par cette raison je ne vois pas pourquoi vous le nieriez.

CHAVIGNY. – Je ne le nie pas ; c'est elle qui l'a faite.

(Il se lève.)

Bonsoir ! je reviendrai peut-être tout à l'heure prendre le thé avec votre amie.

MATHILDE. – Henri, ne me quittez pas ainsi !

CHAVIGNY. – Qu'appelez-vous *ainsi* ? Sommes-nous fâchés ? Je ne vois là rien que de très simple : on me fait une bourse, et je la porte ; vous demandez qui, et je vous le dis. Rien ne ressemble moins à une querelle.

MATHILDE. – Et si je vous demandais cette bourse, m'en feriez-vous le sacrifice ?

CHAVIGNY. – Peut-être ; à quoi vous servirait-elle ?

MATHILDE. – Il n'importe ; je vous la demande.

CHAVIGNY. – Ce n'est pas pour la porter, je suppose ? Je veux savoir ce que vous en feriez.

MATHILDE. – C'est pour la porter.

CHAVIGNY. – Quelle plaisanterie ! Vous porteriez une bourse faite par Mme de Blainville ?

MATHILDE. – Pourquoi non ? Vous la portez bien.

CHAVIGNY. – La belle raison ! je ne suis pas femme.

MATHILDE. – Eh bien ! si je ne m'en sers pas, je la jetterai au feu.

CHAVIGNY. – Ah ! ah ! vous voilà donc enfin sincère. Eh bien ! très sincèrement aussi, je la garderai, si vous le permettez.

MATHILDE. – Vous en êtes libre, assurément ; mais je vous avoue qu'il m'est cruel de penser que tout le monde sait qui vous l'a faite, et que vous allez la montrer partout.

CHAVIGNY. – La montrer ! Ne dirait-on pas que c'est un trophée[1] !

MATHILDE. – Écoutez-moi, je vous en prie, et laissez-moi votre main dans les miennes. *(Elle l'embrasse.)* M'aimez-vous, Henri ? Répondez.

CHAVIGNY. – Je vous aime, et je vous écoute.

MATHILDE. – Je vous jure que je ne suis pas jalouse ; mais si vous me donnez cette bourse de bonne amitié, je vous remercierai de tout mon cœur. C'est un petit échange que je vous propose, et je crois, j'espère du moins, que vous ne trouverez pas que vous y perdez.

CHAVIGNY. – Voyons votre échange ; qu'est-ce que c'est ?

MATHILDE. – Je vais vous le dire, si vous y tenez ; mais si vous me donniez la bourse auparavant, sur parole, vous me rendriez bien heureuse.

CHAVIGNY. – Je ne donne rien sur parole.

MATHILDE. – Voyons, Henri, je vous en prie.

---

1. Ce terme, qui désigne l'objet attestant d'une victoire, appartient au champ lexical du combat ; il suggère la bataille amoureuse.

CHAVIGNY. – Non.

MATHILDE. – Eh bien ! je t'en supplie à genoux.

CHAVIGNY. – Levez-vous, Mathilde, je vous en conjure à mon tour ; vous savez que je n'aime pas ces manières-là. Je ne peux pas souffrir qu'on s'abaisse, et je le comprends moins ici [1] que jamais. C'est trop insister sur un enfantillage ; si vous l'exigiez sérieusement, je jetterais cette bourse au feu moi-même, et je n'aurais que faire d'échange pour cela. Allons, levez-vous, et n'en parlons plus. Adieu ; à ce soir ; je reviendrai.

(Il sort.)

1. ***Ici*** : en cet instant.

Scène V

MATHILDE, *seule*

Puisque ce n'est pas celle-là, ce sera donc l'autre que je brûlerai.

(Elle va à son secrétaire et en tire la bourse qu'elle a faite.)

Pauvre petite, je te baisais tout à l'heure ; et te souviens-tu de ce que je te disais ? Nous arrivons trop tard, tu le vois. Il ne veut pas de toi, et ne veut plus de moi.

(Elle s'approche de la cheminée.)

Qu'on est folle de faire des rêves ! ils ne se réalisent jamais. Pourquoi cet attrait, ce charme invincible qui nous fait caresser une idée [1] ? Pourquoi tant de plaisir à la suivre, à l'exécuter en secret ? À quoi bon tout cela ? À pleurer ensuite. Que demande donc l'impitoyable hasard ? Quelles précautions, quelles prières faut-il donc pour mener à bien le souhait le plus simple, la plus chétive [2] espérance ? Vous avez bien dit, monsieur le comte, j'insiste sur un enfantillage, mais il m'était doux d'y insister ; et vous, si fier ou si infidèle, il ne vous eût pas coûté beaucoup de vous prêter à cet enfantillage. Ah ! il ne m'aime plus, il ne m'aime plus. Il vous aime, Mme de Blainville !

(Elle pleure.)

---

1. ***Caresser une idée*** : penser à un projet avec une certaine complaisance.
2. ***Chétive*** : petite.

Allons ! il n'y faut plus penser. Jetons au feu ce hochet d'enfant qui n'a pas su arriver assez vite ; si je le lui avais donné ce soir, il l'aurait peut-être perdu demain. Ah ! sans nul doute, il l'aurait fait ; il laisserait ma bourse traîner sur sa table, je ne sais où, dans ses rebuts[1], tandis que l'autre le suivra partout, tandis qu'en jouant, à l'heure qu'il est, il la tire avec orgueil ; je le vois l'étaler sur le tapis, et faire résonner l'or qu'elle renferme. Malheureuse ! je suis jalouse ! il me manquait cela pour me faire haïr !

(Elle va jeter sa bourse au feu, et s'arrête.)

Mais qu'as-tu fait ? Pourquoi te détruire, triste ouvrage de mes mains ? Il n'y a pas de ta faute ; tu attendais, tu espérais aussi ! Tes fraîches couleurs n'ont point pâli durant cet entretien cruel ; tu me plais, je sens que je t'aime ; dans ce petit réseau fragile[2], il y a quinze jours de ma vie ; ah ! non, non, la main qui t'a faite ne te tuera pas ; je veux te conserver, je veux t'achever ; tu seras pour moi une relique[3], et je te porterai sur mon cœur ; tu m'y feras en même temps du bien et du mal ; tu me rappelleras mon amour pour lui, son oubli, ses caprices ; et qui sait ? cachée à cette place, il reviendra peut-être t'y chercher.

(Elle s'assoit et attache le gland qui manquait.)

1. ***Rebuts*** : ce dont on ne veut pas et, par extension, déchets.
2. « Ce petit réseau fragile » désigne la bourse, réseau de mailles.
3. ***Relique*** : objet sacré, témoin d'un passé cher. Dans un contexte religieux, la relique est le corps ou un fragment du corps d'un saint, un objet dont il s'est servi ou qui a servi à son martyre.

Scène VI

MATHILDE, MADAME DE LÉRY

MADAME DE LÉRY, *derrière la scène.* – Personne nulle part ! qu'est-ce que ça veut dire ? on entre ici comme dans un moulin. *(Elle ouvre la porte et crie en riant.)* Mme de Léry !

(Elle entre, Mathilde se lève.)

Rebonsoir, chère ! pas de domestique chez vous ; je cours partout pour trouver quelqu'un. Ah ! je suis rompue [1] !

(Elle s'assoit.)

MATHILDE. – Débarrassez-vous de vos fourrures.

MADAME DE LÉRY. – Tout à l'heure ; je suis gelée. Aimez-vous ce renard-là ? on dit que c'est de la martre [2] d'Éthiopie, je ne sais quoi ; c'est M. de Léry qui me l'a apporté de Hollande. Moi, je trouve cela laid, franchement ; je le porterai trois fois, par politesse, et puis je le donnerai à Ursule.

MATHILDE. – Une femme de chambre ne peut pas mettre cela.

MADAME DE LÉRY. – C'est vrai ; je m'en ferai un petit tapis.

---

1. ***Rompue*** : extrêmement fatiguée.
2. ***Martre*** : petit mammifère au corps allongé et au museau pointu, qui ne se trouve pas en Éthiopie. La martre est sans doute confondue avec la genette, petit mammifère à robe tachetée et à longue queue rayée présent en Afrique.

MATHILDE. – Eh bien ! ce bal était-il beau ?

MADAME DE LÉRY. – Ah ! mon Dieu, ce bal ! mais je n'en viens pas. Vous ne croiriez jamais ce qui m'arrive.

MATHILDE. – Vous n'y êtes donc pas allée ?

MADAME DE LÉRY. – Si fait, j'y suis allée, mais je n'y suis pas entrée. C'est à mourir de rire. Figurez-vous une queue... une queue... *(Elle éclate de rire.)* Ces choses-là vous font-elles peur, à vous ?

MATHILDE. – Mais oui ; je n'aime pas les embarras de voitures.

MADAME DE LÉRY. – C'est désolant quand on est seule. J'avais beau crier au cocher d'avancer, il ne bougeait pas ; j'étais d'une colère ! j'avais envie de monter sur le siège ; je vous réponds bien que j'aurais coupé leur queue. Mais c'est si bête d'être là, en toilette, vis-à-vis d'un carreau mouillé ; car, avec cela, il pleut à verse. Je me suis divertie une demi-heure à voir patauger les passants, et puis j'ai dit de retourner. Voilà mon bal. – Ce feu me fait un plaisir ! je me sens renaître !

(Elle ôte sa fourrure. Mathilde sonne, et un domestique entre.)

MATHILDE. – Le thé !

(Le domestique sort.)

MADAME DE LÉRY. – M. de Chavigny est donc parti ?

MATHILDE. – Oui, je pense qu'il va à ce bal, et il sera plus obstiné que vous.

MADAME DE LÉRY. – Je crois qu'il ne m'aime guère, soit dit entre nous !

MATHILDE. – Vous vous trompez, je vous assure ; il m'a dit cent fois qu'à ses yeux vous étiez une des plus jolies femmes de Paris.

MADAME DE LÉRY. – Vraiment ? c'est très poli de sa part ; mais je le mérite, car je le trouve fort bien. Voulez-vous me prêter une épingle ?

MATHILDE. – Vous en avez à côté de vous.

MADAME DE LÉRY. – Cette Palmire [1] vous fait des robes ! on ne se sent pas des épaules [2] ; on croit toujours que tout va tomber. Est-ce elle qui vous fait ces manches-là ?

MATHILDE. – Oui.

MADAME DE LÉRY. – Très jolies, très bien, très jolies ! Décidément il n'y a que les manches plates [3], mais j'ai été longtemps à m'y faire ; et puis je trouve qu'il ne faut pas être trop grasse pour les porter, parce que sans cela on a l'air d'une cigale, avec un gros corps et de petites pattes.

MATHILDE. – J'aime assez la comparaison.

(On apporte le thé.)

MADAME DE LÉRY. – N'est-ce pas ? Regardez Mlle Saint-Ange. Il ne faut pourtant pas être trop maigre non plus, parce qu'alors il ne reste plus rien. On se récrie sur la marquise d'Ermont ; moi, je trouve qu'elle a l'air d'une potence [4]. C'est une belle tête, si vous voulez, mais c'est une madone au bout d'un bâton.

MATHILDE, *riant*. – Voulez-vous que je vous serve, ma chère ?

---

1. Il s'agit en fait de Mlles Palmire Chartier et Legrand, couturières renommées de la rue Laffite, à Paris.

2. ***On ne se sent pas des épaules*** : on ne sent pas la robe sur les épaules.

3. Les manches bouffantes furent très en vogue jusque vers 1835 ; ensuite on vit apparaître des manches plates pour les robes de ville : elles se généralisèrent vers 1840.

4. ***Potence*** : assemblage de bois ou de fer constitué d'une partie verticale et d'une partie horizontale parfois soutenue par une pièce oblique. La potence donne son nom à l'instrument qui sert à la pendaison.

MADAME DE LÉRY. – Rien que de l'eau chaude, avec un soupçon de thé et un nuage de lait.

MATHILDE, *versant le thé*. – Allez-vous demain chez Mme d'Égly ? Je vous prendrai, si vous voulez.

MADAME DE LÉRY. – Ah ! Mme d'Égly ! en voilà une autre ! avec sa frisure et ses jambes, elle me fait l'effet de ces grands balais pour épousseter les araignées. *(Elle boit.)* Mais, certainement, j'irai demain. Non, je ne peux pas ; je vais au concert.

MATHILDE. – Il est vrai qu'elle est un peu drôle.

MADAME DE LÉRY. – Regardez-moi donc, je vous en prie.

MATHILDE. – Pourquoi ?

MADAME DE LÉRY. – Regardez-moi en face, là, franchement.

MATHILDE. – Que me trouvez-vous d'extraordinaire ?

MADAME DE LÉRY. – Eh ! certainement, vous avez les yeux rouges ; vous venez de pleurer, c'est clair comme le jour. Qu'est-ce qui se passe donc, ma chère Mathilde ?

MATHILDE. – Rien, je vous jure. Que voulez-vous qu'il se passe ?

MADAME DE LÉRY. – Je n'en sais rien, mais vous venez de pleurer ; je vous dérange, je m'en vais.

MATHILDE. – Au contraire, chère ; je vous supplie de rester.

MADAME DE LÉRY. – Est-ce bien franc ? Je reste, si vous voulez ; mais vous me direz vos peines. *(Mathilde secoue la tête.)* Non ? Alors je m'en vais, car vous comprenez que du moment que je ne suis bonne à rien, je ne peux que nuire involontairement.

MATHILDE. – Restez, votre présence m'est précieuse, votre esprit m'amuse, et s'il était vrai que j'eusse quelque souci, votre gaieté le chasserait.

MADAME DE LÉRY. – Tenez, je vous aime. Vous me croyez peut-être légère ; personne n'est si sérieux que moi pour les choses sérieuses. Je ne comprends pas qu'on joue avec le cœur, et c'est pour cela que j'ai l'air d'en manquer. Je sais ce que c'est que de souffrir, on me l'a appris bien jeune encore. Je sais aussi ce que c'est que de dire ses chagrins. Si ce qui vous afflige peut se confier, parlez hardiment ; ce n'est pas la curiosité qui me pousse.

MATHILDE. – Je vous crois bonne, et surtout très sincère ; mais dispensez-moi de vous obéir.

MADAME DE LÉRY. – Ah ! mon Dieu ! j'y suis ! c'est la bourse bleue. J'ai fait une sottise affreuse en nommant Mme de Blainville. J'y ai pensé en vous quittant ; est-ce que M. de Chavigny lui fait la cour ?

(Mathilde se lève, ne pouvant répondre, se détourne et porte son mouchoir à ses yeux.)

MADAME DE LÉRY. – Est-il possible ?

(Un long silence. Mathilde se promène quelque temps, puis va s'asseoir à l'autre bout de la chambre. Mme de Léry semble réfléchir. Elle se lève et s'approche de Mathilde ; celle-ci lui tend la main.)

MADAME DE LÉRY. – Vous savez, ma chère, que les dentistes vous disent de crier quand ils vous font mal. Moi, je vous dis : Pleurez ! pleurez ! Douces ou amères, les larmes soulagent toujours.

MATHILDE. – Ah ! mon Dieu !

MADAME DE LÉRY. – Mais c'est incroyable, une chose pareille ! On ne peut pas aimer Mme de Blainville ; c'est une coquette [1] à moitié perdue [2], qui n'a ni esprit ni beauté. Elle ne vaut pas votre petit doigt ; on ne quitte pas un ange pour un diable.

---

1. ***Coquette*** : on désignait ainsi une femme intrigante et frivole.
2. ***Perdue*** : abandonnée au mal (aux sens moral et religieux).

MATHILDE, *sanglotant.* – Je suis sûre qu'il l'aime, j'en suis sûre.

MADAME DE LÉRY. – Non, mon enfant[1], ça ne se peut pas ; c'est un caprice, une fantaisie. Je connais M. de Chavigny plus qu'il ne pense ; il est méchant, mais il n'est pas mauvais. Il aura agi par boutade[2] ; avez-vous pleuré devant lui ?

MATHILDE. – Oh ! non, jamais.

MADAME DE LÉRY. – Vous avez bien fait ; il ne m'étonnerait pas qu'il en fût bien aise.

MATHILDE. – Bien aise ? bien aise de me voir pleurer ?

MADAME DE LÉRY. – Eh ! mon Dieu, oui. J'ai vingt-cinq ans d'hier, mais je sais ce qui en est sur bien des choses. Comment tout cela est-il venu ?

MATHILDE. – Mais... je ne sais...

MADAME DE LÉRY. – Parlez. Avez-vous peur de moi ? je vais vous rassurer tout de suite ; si, pour vous mettre à votre aise, il faut m'engager de mon côté, je vais vous prouver que j'ai confiance en vous et vous forcer à l'avoir en moi ; est-ce nécessaire ? je le ferai. Qu'est-ce qu'il vous plaît de savoir sur mon compte ?

MATHILDE. – Vous êtes ma meilleure amie ; je vous dirai tout, je me fie à vous. Il ne s'agit de rien de bien grave ; mais j'ai une folle tête qui m'entraîne. J'avais fait en cachette à M. de Chavigny une petite bourse que je comptais lui offrir aujourd'hui ; depuis quinze jours, je le vois à peine ; il passe ses journées chez Mme de Blainville. Lui offrir ce petit cadeau, c'était lui faire un doux reproche de son absence et lui montrer qu'il me

1. Mme de Léry et Mathilde n'ont que cinq ans d'écart, mais la première fait figure de femme expérimentée.
2. ***Boutade*** : caprice, bouderie.

laissait seule. Au moment où j'allais lui donner ma bourse, il a tiré l'autre.

MADAME DE LÉRY. – Il n'y a pas là de quoi pleurer.

MATHILDE. – Oh ! si, il y a de quoi pleurer, car j'ai fait une grande folie, je lui ai demandé l'autre bourse.

MADAME DE LÉRY. – Aïe ! ce n'est pas diplomatique [1].

MATHILDE. – Non, Ernestine, et il m'a refusé... Et alors... Ah ! J'ai honte...

MADAME DE LÉRY. – Eh bien ?

MATHILDE. – Eh bien ! je l'ai demandée à genoux. Je voulais qu'il me fît ce petit sacrifice, et je lui aurais donné ma bourse en échange de la sienne. Je l'ai prié... je l'ai supplié...

MADAME DE LÉRY. – Et il n'en a rien fait ; cela va sans dire. Pauvre innocente [2] ! il n'est pas digne de vous !

MATHILDE. – Ah ! malgré tout, je ne le croirai jamais !

MADAME DE LÉRY. – Vous avez raison, je m'exprime mal. Il est digne de vous et vous aime ; mais il est homme et orgueilleux. Quelle pitié ! Et où est donc votre bourse ?

MATHILDE. – La voilà ici sur la table.

MADAME DE LÉRY, *prenant la bourse.* – Cette bourse-là ? Eh bien ! ma chère, elle est quatre fois plus jolie que la sienne. D'abord elle n'est pas bleue, ensuite elle est charmante. Prêtez-la-moi, je me charge bien de la lui faire trouver de son goût.

MATHILDE. – Tâchez. Vous me rendrez la vie.

---

1. ***Diplomatique*** : adroit, habile.
2. ***Innocente*** : naïve, incapable de songer à mal.

MADAME DE LÉRY. – En être là après un an de mariage, c'est inouï ! Il faut qu'il y ait de la sorcellerie là-dedans. Cette Blainville [1], avec son indigo [2], je la déteste des pieds à la tête. Elle a les yeux battus jusqu'au menton. Mathilde, voulez-vous faire une chose ? Il ne nous en coûte rien d'essayer. Votre mari viendra-t-il ce soir ?

MATHILDE. – Je n'en sais rien, mais il me l'a dit.

MADAME DE LÉRY. – Comment étiez-vous quand il est sorti ?

MATHILDE. – Ah ! j'étais bien triste, et lui bien sévère.

MADAME DE LÉRY. – Il viendra. Avez-vous du courage ? Quand j'ai une idée, je vous en avertis, il faut que je me saisisse au vol ; je me connais, je réussirai.

MATHILDE. – Ordonnez donc, je me soumets.

MADAME DE LÉRY. – Passez dans ce cabinet, habillez-vous à la hâte et jetez-vous dans ma voiture. Je ne veux pas vous envoyer au bal, mais il faut qu'en rentrant vous ayez l'air d'y être allée. Vous vous ferez mener où vous voudrez, aux Invalides ou à la Bastille ; ce ne sera peut-être pas très divertissant, mais vous serez aussi bien là qu'ici pour ne pas dormir. Est-ce convenu ? Maintenant prenez votre bourse, et enveloppez-la dans ce papier, je vais mettre l'adresse. Bien, voilà qui est fait. Au coin de la rue, vous ferez arrêter ; vous direz à mon groom [3] d'apporter ici ce petit paquet, de le remettre au premier domestique qu'il rencontrera, et de s'en aller sans autre explication.

---

1. Le nom de famille employé seul pour désigner une personne est péjoratif.
2. ***Indigo*** : matière colorante qui sert à teindre le tissu en bleu. Ce terme technique, s'il rappelle la couleur de la bourse réalisée par Mme de Blainville, est quelque peu insolite : il se rapporte à la sorcellerie supposée de Mme de Blainville. Le patronyme « Blainville », quant à lui, rappelle peut-être celui de « Brinvilliers », empoisonneuse célèbre sous le règne de Louis XIV.
3. ***Groom*** : terme anglais, à la mode depuis le début du siècle, employé pour désigner un domestique.

MATHILDE. – Dites-moi du moins ce que vous voulez faire.

MADAME DE LÉRY. – Ce que je veux faire, enfant, est impossible à dire, et je vais voir si c'est possible à faire. Une fois pour toutes, vous fiez-vous à moi ?

MATHILDE. – Oui, tout au monde pour l'amour de lui.

MADAME DE LÉRY. – Allons, preste ! Voilà une voiture.

MATHILDE. – C'est lui ; j'entends sa voix dans la cour.

MADAME DE LÉRY. – Sauvez-vous ! Y a-t-il un escalier dérobé [1] par là ?

MATHILDE. – Oui, heureusement. Mais je ne suis pas coiffée, comment croira-t-on à ce bal ?

MADAME DE LÉRY, *ôtant la guirlande qu'elle a sur la tête et la donnant à Mathilde*. – Tenez, vous arrangerez cela en route.

(Mathilde sort.)

---

1. L'« escalier dérobé » est un clin d'œil à la pièce de Victor Hugo, *Hernani*. Les vers de la scène 1 de l'acte I – « Serait-ce déjà lui ? / C'est bien à l'escalier / Dérobé » – avaient suscité une grande querelle dont l'objet fut ainsi résumé par Théophile Gautier : « ce mot ["Dérobé"] rejeté sans façon à l'autre vers, cet enjambement audacieux, impertinent même semblait un spadassin [un homme d'épée, un assassin] de profession allant donner une pichenette [un petit coup] sur le nez du classicisme pour le provoquer en duel ».

Scène VII

MADAME DE LÉRY, seule.

À genoux ! une telle femme à genoux ! Et ce monsieur-là qui la refuse ! Une femme de vingt ans, belle comme un ange et fidèle comme un lévrier ! Pauvre enfant qui demande en grâce qu'on daigne accepter une bourse faite par elle, en échange d'un cadeau de Mme de Blainville ! Mais quel abîme [1] est donc le cœur de l'homme ! Ah ! ma foi ! nous valons mieux qu'eux.

(Elle s'assoit et prend une brochure sur la table. Un instant après, on frappe à la porte.)

Entrez !

1. ***Abîme*** : gouffre profond.

Scène VIII

MADAME DE LÉRY, CHAVIGNY

MADAME DE LÉRY, *lisant d'un air distrait.* – Bonsoir, comte. Voulez-vous du thé ?

CHAVIGNY. – Je vous rends grâces [1]. Je n'en prends jamais.

(Il s'assoit et regarde autour de lui.)

MADAME DE LÉRY. – Était-il amusant, ce bal ?

CHAVIGNY. – Comme cela. N'y étiez-vous pas ?

MADAME DE LÉRY. – Voilà une question qui n'est pas galante [2]. Non, je n'y étais pas ; mais j'y ai envoyé Mathilde, que vos regards semblent chercher.

CHAVIGNY. – Vous plaisantez, à ce que je vois ?

MADAME DE LÉRY. – Plaît-il ? je vous demande pardon, je tiens un article d'une *Revue* qui m'intéresse beaucoup.

(Un silence. Chavigny, inquiet, se lève et se promène.)

CHAVIGNY. – Est-ce que vraiment Mathilde est à ce bal ?

MADAME DE LÉRY. – Mais oui ; vous voyez que je l'attends.

---

1. ***Je vous rends grâces*** : je vous remercie.
2. Supposer que Mme de Léry était au bal et qu'il ne l'ait pas remarquée est désobligeant.

CHAVIGNY. – C'est singulier ! elle ne voulait pas sortir lorsque vous le lui avez proposé.

MADAME DE LÉRY. – Apparemment qu'elle a changé d'idée.

CHAVIGNY. – Pourquoi n'y est-elle pas allée avec vous ?

MADAME DE LÉRY. – Parce que je ne m'en suis plus souciée.

CHAVIGNY. – Elle s'est donc passée de voiture ?

MADAME DE LÉRY. – Non, je lui ai prêté la mienne. Avez-vous lu ça, M. de Chavigny ?

CHAVIGNY. – Quoi ?

MADAME DE LÉRY. – C'est *La Revue des Deux Mondes* ; un article très joli de Mme Sand sur les orangs-outans [1].

CHAVIGNY. – Sur les ?...

MADAME DE LÉRY. – Sur les orangs-outans. Ah ! je me trompe, ce n'est pas d'elle, c'est celui d'à côté ; c'est très amusant.

CHAVIGNY. – Je ne comprends rien à cette idée d'aller au bal sans m'en prévenir. J'aurais pu du moins la ramener.

MADAME DE LÉRY. – Aimez-vous les romans de Mme Sand ?

CHAVIGNY. – Non, pas du tout. Mais si elle y est, comment se fait-il que je ne l'aie pas trouvée ?

MADAME DE LÉRY. – Quoi ? la *Revue* ? Elle était là-dessus.

CHAVIGNY. – Vous moquez-vous de moi, madame ?

MADAME DE LÉRY. – Peut-être ; c'est selon à propos de quoi [2].

---

1. À la fois hommage (voir présentation, p. 8-9) et moquerie, car l'article n'est pas d'elle (voir l. 579), à l'égard de George Sand.
2. ***C'est selon à propos de quoi*** : cela dépend de ce dont on parle.

■ Mise en scène d'*Un caprice* par Jacques Connort (Le Lucernaire, Paris, 1994).

CHAVIGNY. – C'est de ma femme que je vous parle.

MADAME DE LÉRY. – Est-ce que vous me l'avez donnée à garder ?

CHAVIGNY. – Vous avez raison ; je suis très ridicule ; je vais de ce pas la chercher.

MADAME DE LÉRY. – Bah ! vous allez tomber dans la queue.

CHAVIGNY. – C'est vrai ; je ferai aussi bien d'attendre, et j'attendrai. *(Il s'approche du feu et s'assoit.)*

MADAME DE LÉRY, *quittant sa lecture*. – Savez-vous, M. de Chavigny, que vous m'étonnez beaucoup ? Je croyais vous avoir entendu dire que vous laissiez Mathilde parfaitement libre, et qu'elle allait où bon lui semblait.

CHAVIGNY. – Certainement ; vous en voyez la preuve.

MADAME DE LÉRY. – Pas tant ; vous avez l'air furieux.

CHAVIGNY. – Moi, par exemple ! pas le moins du monde.

MADAME DE LÉRY. – Vous ne tenez pas sur votre fauteuil. Je vous croyais un tout autre homme, je l'avoue, et, pour parler sérieusement, je n'aurais pas prêté ma voiture à Mathilde si j'avais su ce qui en est.

CHAVIGNY. – Mais je vous assure que je le trouve tout simple, et je vous remercie de l'avoir fait.

MADAME DE LÉRY. – Non, non, vous ne me remerciez pas ; je vous assure, moi, que vous êtes fâché. À vous dire vrai, je crois que, si elle est sortie, c'était un peu pour vous rejoindre.

CHAVIGNY. – J'aime beaucoup cela ! Que ne m'accompagnait-elle ?

MADAME DE LÉRY. – Eh oui ! c'est ce que je lui ai dit. Mais voilà comme nous sommes, nous autres : nous ne voulons pas, et puis nous voulons. Décidément, vous ne prenez pas de thé ?

CHAVIGNY. – Non, il me fait mal.

MADAME DE LÉRY. – Eh bien ! donnez-m'en.

CHAVIGNY. – Plaît-il, madame ?

MADAME DE LÉRY. – Donnez-m'en.

(Chavigny se lève et remplit une tasse qu'il offre à Mme de Léry.)

C'est bon ; mettez ça là. Avons-nous un ministère ce soir [1] ?

CHAVIGNY. – Je n'en sais rien.

MADAME DE LÉRY. – Ce sont de drôles d'auberges que ces ministères. On y entre et on en sort sans savoir pourquoi ; c'est une procession de marionnettes.

CHAVIGNY. – Prenez donc ce thé à votre tour ; il est déjà à moitié froid.

MADAME DE LÉRY. – Vous n'y avez pas mis assez de sucre. Mettez-m'en un ou deux morceaux.

CHAVIGNY. – Comme vous voudrez ; il ne vaudra rien.

MADAME DE LÉRY. – Bien ; maintenant, encore un peu de lait !

CHAVIGNY. – Êtes-vous satisfaite ?

MADAME DE LÉRY. – Une goutte d'eau chaude à présent ! Est-ce fait ? Donnez-moi la tasse.

CHAVIGNY, *lui présentant la tasse.* – La voilà ; mais il ne vaudra rien.

MADAME DE LÉRY. – Vous croyez ? En êtes-vous sûr ?

CHAVIGNY. – Il n'y a pas le moindre doute.

---

1. C'est-à-dire un nouveau ministère. Il y eut un changement de ministère le 15 avril 1837. Il succédait à celui qui était en place depuis le 6 septembre 1836.

MADAME DE LÉRY. – Et pourquoi ne vaudra-t-il rien ?

CHAVIGNY. – Parce qu'il est froid et trop sucré.

MADAME DE LÉRY. – Eh bien ! s'il ne vaut rien, ce thé, jetez-le.

(Chavigny est debout, tenant la tasse ; Mme de Léry le regarde en riant.)

Ah ! mon Dieu ! que vous m'amusez ! Je n'ai jamais rien vu de si maussade.

CHAVIGNY, *impatienté, vide la tasse dans le feu, puis il se promène à grands pas, et dit avec humeur.* – Ma foi, c'est vrai, je ne suis qu'un sot.

MADAME DE LÉRY. – Je ne vous avais jamais vu jaloux, mais vous l'êtes comme un Othello [1].

CHAVIGNY. – Pas le moins du monde ; je ne peux pas souffrir qu'on se gêne, ni qu'on gêne les autres en rien. Comment voulez-vous que je sois jaloux ?

MADAME DE LÉRY. – Par amour-propre, comme tous les maris.

CHAVIGNY. – Bah ! propos de femme ! On dit : « Jaloux par amour-propre », parce que c'est une phrase toute faite, comme on dit : « Votre très humble serviteur. » Le monde est bien sévère pour ces pauvres maris.

MADAME DE LÉRY. – Pas tant que pour ces pauvres femmes.

CHAVIGNY. – Oh ! mon Dieu, si. Tout est relatif. Peut-on permettre aux femmes de vivre sur le même pied que nous ? C'est d'une absurdité qui saute aux yeux. Il y a mille choses très graves pour elles, qui n'ont aucune importance pour un homme.

---

1. ***Othello*** : personnage de la pièce éponyme de Shakespeare, jaloux au point de tuer son épouse parce qu'il la soupçonne d'adultère.

MADAME DE LÉRY. – Oui, les caprices[1], par exemple.

CHAVIGNY. – Pourquoi pas ? Eh bien ! oui, les caprices. Il est certain qu'un homme peut en avoir, et qu'une femme…

MADAME DE LÉRY. – En a quelquefois. Est-ce que vous croyez qu'une robe est un talisman[2] qui en préserve ?

CHAVIGNY. – C'est une barrière qui doit les arrêter.

MADAME DE LÉRY. – À moins que ce ne soit un voile qui les couvre. J'entends marcher. C'est Mathilde qui rentre.

CHAVIGNY. – Oh ! que non ! il n'est pas minuit.

(Un domestique entre et remet un petit paquet à M. de Chavigny.)

CHAVIGNY. – Qu'est-ce que c'est ? Que me veut-on ?

LE DOMESTIQUE. – On vient d'apporter cela pour monsieur le comte.

(Il sort. Chavigny défait le paquet, qui renferme la bourse de Mathilde.)

MADAME DE LÉRY. – Est-ce encore un cadeau qui vous arrive ? À cette heure-ci, c'est un peu fort.

CHAVIGNY. – Que diable est-ce que ça veut dire ? Hé ! François, hé ! qui est-ce qui a apporté ce paquet ?

LE DOMESTIQUE, *rentrant*. – Monsieur ?

CHAVIGNY. – Qui est-ce qui a apporté ce paquet ?

LE DOMESTIQUE. – Monsieur, c'est le portier qui vient de monter.

CHAVIGNY. – Il n'y a rien avec ? pas de lettre ?

---

1. Il s'agit ici de caprices amoureux, d'infidélités.

2. ***Talisman*** : objet sur lequel sont gravés ou inscrits des signes consacrés, censés protéger ou conférer des pouvoirs.

LE DOMESTIQUE. – Non, monsieur.

CHAVIGNY. – Est-ce qu'il avait ça depuis longtemps, ce portier ?

LE DOMESTIQUE. – Non, monsieur ; on vient de le lui remettre.

CHAVIGNY. – Qui le lui a remis ?

LE DOMESTIQUE. – Monsieur, il ne sait pas.

CHAVIGNY. – Il ne sait pas ! Perdez-vous la tête ? Est-ce un homme ou une femme ?

LE DOMESTIQUE. – C'est un domestique en livrée [1], mais il ne le connaît pas.

CHAVIGNY. – Est-ce qu'il est en bas, ce domestique ?

LE DOMESTIQUE. – Non, monsieur ; il est parti sur-le-champ.

CHAVIGNY. – Il n'a rien dit ?

LE DOMESTIQUE. – Non, monsieur.

CHAVIGNY. – C'est bon.

(Le domestique sort.)

MADAME DE LÉRY. – J'espère qu'on vous gâte, M. de Chavigny. Si vous laissez tomber votre argent, ce ne sera pas la faute de ces dames.

CHAVIGNY. – Je veux être pendu si j'y comprends rien.

MADAME DE LÉRY. – Laissez donc ! vous faites l'enfant.

CHAVIGNY. – Non ; je vous donne ma parole d'honneur que je ne devine pas. Ce ne peut être qu'une méprise.

MADAME DE LÉRY. – Est-ce que l'adresse n'est pas dessus ?

---

1. ***Livrée*** : habit d'un modèle particulier que portaient les domestiques d'une même maison.

CHAVIGNY. – Ma foi ! si, vous avez raison. C'est singulier ; je connais l'écriture.

MADAME DE LÉRY. – Peut-on voir ?

CHAVIGNY. – C'est peut-être une indiscrétion à moi de vous la montrer ; mais tant pis pour qui s'y expose. Tenez. J'ai certainement vu de cette écriture-là quelque part.

MADAME DE LÉRY. – Et moi aussi, très certainement.

CHAVIGNY. – Attendez donc… Non, je me trompe. Est-ce en bâtarde ou en coulée [1] ?

MADAME DE LÉRY. – Fi donc ! c'est une anglaise [2] pur sang. Regardez-moi comme ces lettres-là sont fines. Oh ! la dame est bien élevée.

CHAVIGNY. – Vous avez l'air de la connaître.

MADAME DE LÉRY, *avec une confusion feinte*. – Moi ! pas du tout.

(Chavigny, étonné, la regarde, puis continue à se promener.)

Où en étions-nous donc de notre conversation ? – Eh mais ! il me semble que nous parlions caprice. Ce petit poulet [3] rouge arrive à propos.

CHAVIGNY. – Vous êtes dans le secret, convenez-en.

MADAME DE LÉRY. – Il y a des gens qui ne savent rien faire ; si j'étais de vous, j'aurais déjà deviné.

CHAVIGNY. – Voyons ! soyez franche ; dites-moi qui c'est.

---

1. ***En bâtarde ou en coulée*** : la *bâtarde* est un type d'écriture entre l'écriture ronde et l'écriture anglaise (voir ci-après) ; la *coulée* est une écriture légèrement penchée vers la droite avec des lettres réunies par une liaison.

2. ***C'est une anglaise*** : l'*anglaise* est une écriture à la mode, à l'époque, elle aussi penchée à droite.

3. ***Poulet*** : par ce mot, on désignait un billet doux, un message galant.

MADAME DE LÉRY. – Je croirais assez que c'est Mme de Blainville.

CHAVIGNY. – Vous êtes impitoyable, madame ; savez-vous bien que nous nous brouillerons ?

MADAME DE LÉRY. – Je l'espère bien, mais pas cette fois-ci.

CHAVIGNY. – Vous ne voulez pas m'aider à trouver l'énigme ?

MADAME DE LÉRY. – Belle occupation ! Laissez donc cela ; on dirait que vous n'y êtes pas fait [1]. Vous ruminerez lorsque vous serez couché, quand ce ne serait que par politesse.

CHAVIGNY. – Il n'y a donc plus de thé ? J'ai envie d'en prendre.

MADAME DE LÉRY. – Je vais vous en faire ; dites donc que je ne suis pas bonne !

(Un silence.)

CHAVIGNY, *se promenant toujours.* – Plus je cherche, moins je trouve.

MADAME DE LÉRY. – Ah ! çà, dites donc, est-ce un parti pris de ne penser qu'à cette bourse ? Je vais vous laisser à vos rêveries.

CHAVIGNY. – C'est qu'en vérité je tombe des nues.

MADAME DE LÉRY. – Je vous dis que c'est Mme de Blainville. Elle a réfléchi sur la couleur de sa bourse, et elle vous en envoie une autre par repentir. Ou mieux encore : elle veut vous tenter, et voir si vous porterez celle-ci ou la sienne.

CHAVIGNY. – Je porterai celle-ci sans aucun doute. C'est le seul moyen de savoir qui l'a faite.

MADAME DE LÉRY. – Je ne comprends pas ; c'est trop profond pour moi.

1. ***Vous n'y êtes pas fait*** : vous n'y êtes pas habitué.

CHAVIGNY. – Je suppose que la personne qui me l'a envoyée me la voie demain entre les mains ; croyez-vous que je m'y tromperais ?

MADAME DE LÉRY, *riant*. – Ah ! c'est trop fort ; je n'y tiens pas.

CHAVIGNY. – Est-ce que ce serait vous, par hasard ?

(Un silence.)

MADAME DE LÉRY. – Voilà votre thé, fait de ma blanche main, et il sera meilleur que celui que vous m'avez fabriqué tout à l'heure. Mais finissez donc de me regardez. Est-ce que vous me prenez pour une lettre anonyme ?

CHAVIGNY. – C'est vous, c'est quelque plaisanterie. Il y a un complot là-dessous.

MADAME DE LÉRY. – C'est un petit complot assez bien tricoté.

CHAVIGNY. – Avouez donc que vous en êtes.

MADAME DE LÉRY. – Non.

CHAVIGNY. – Je vous en prie.

MADAME DE LÉRY. – Pas davantage.

CHAVIGNY. – Je vous en supplie.

MADAME DE LÉRY. – Demandez-le à genoux, je vous le dirai[1].

CHAVIGNY. – À genoux ? tant que vous voudrez.

MADAME DE LÉRY. – Allons ! voyons !

CHAVIGNY. – Sérieusement ?

(Il se met à genoux en riant devant Mme de Léry.)

MADAME DE LÉRY, *sèchement*. – J'aime cette posture, elle vous va à merveille ; mais je vous conseille de vous relever, afin de ne pas trop m'attendrir.

---

1. Elle venge Mathilde, voir p. 72.

CHAVIGNY, *se relevant.* – Ainsi, vous ne direz rien, n'est-ce pas ?

MADAME DE LÉRY. – Avez-vous là votre bourse bleue ?

CHAVIGNY. – Je n'en sais rien, je crois que oui.

MADAME DE LÉRY. – Je crois que oui aussi. Donnez-la-moi, je vous dirai qui a fait l'autre.

CHAVIGNY. – Vous le savez donc ?

MADAME DE LÉRY. – Oui, je le sais.

CHAVIGNY. – Est-ce une femme ?

MADAME DE LÉRY. – À moins que ce ne soit un homme, je ne vois pas...

CHAVIGNY. – Je veux dire : est-ce une jolie femme ?

MADAME DE LÉRY. – C'est une femme qui, à vos yeux, passe pour une des plus jolies femmes de Paris.

CHAVIGNY. – Brune ou blonde ?

MADAME DE LÉRY. – Bleue.

CHAVIGNY. – Par quelle lettre commence son nom ?

MADAME DE LÉRY. – Vous ne voulez pas de mon marché ? Donnez-moi la bourse de Mme de Blainville.

CHAVIGNY. – Est-elle petite ou grande ?

MADAME DE LÉRY. – Donnez-moi la bourse.

CHAVIGNY. – Dites-moi seulement si elle a le pied petit.

MADAME DE LÉRY. – La bourse ou la vie !

CHAVIGNY. – Me direz-vous le nom si je vous donne la bourse ?

MADAME DE LÉRY. – Oui.

CHAVIGNY, *tirant la bourse bleue.* – Votre parole d'honneur ?

MADAME DE LÉRY. – Ma parole d'honneur.

CHAVIGNY *semble hésiter; Mme de Léry tend la main; il la regarde attentivement. Tout à coup il s'assoit à côté d'elle, et dit gaiement* : – Parlons caprice. Vous convenez donc qu'une femme peut en avoir ?

MADAME DE LÉRY. – Est-ce que vous en êtes à le demander ?

CHAVIGNY. – Pas tout à fait ; mais il peut arriver qu'un homme marié ait deux façons de parler, et, jusqu'à un certain point, deux façons d'agir.

MADAME DE LÉRY. – Eh bien ! et ce marché, est-ce qu'il s'envole ? je croyais qu'il était conclu.

CHAVIGNY. – Un homme marié n'en reste pas moins homme ; la bénédiction [1] ne le métamorphose pas, mais elle l'oblige quelquefois à prendre un rôle et à en donner les répliques. Il ne s'agit que de savoir, dans ce monde, à qui les gens s'adressent quand ils vous parlent, si c'est au réel ou au convenu, à la personne ou au personnage.

MADAME DE LÉRY. – J'entends, c'est un choix qu'on peut faire ; mais où s'y reconnaît le public ?

CHAVIGNY. – Je ne crois pas que, pour un public d'esprit, ce soit long ni bien difficile.

MADAME DE LÉRY. – Vous renoncez donc à ce fameux nom ? Allons, voyons ! donnez-moi cette bourse.

CHAVIGNY. – Une femme d'esprit, par exemple, – une femme d'esprit sait tant de choses ! – ne doit pas se tromper, à ce

1. ***Bénédiction*** : ce mot désigne la bénédiction nuptiale, c'est-à-dire la cérémonie religieuse du mariage.

que je crois, sur le vrai caractère des gens : elle doit bien voir, au premier coup d'œil...

MADAME DE LÉRY. – Décidément, vous gardez la bourse ?

CHAVIGNY. – Il me semble que vous y tenez beaucoup. Une femme d'esprit – n'est-il pas vrai, madame ? – doit savoir faire la part du mari, et celle de l'homme par conséquent ? Comment êtes-vous donc coiffée ? Vous étiez tout en fleurs ce matin [1].

MADAME DE LÉRY. – Oui ; ça me gênait, je me suis mise à mon aise. Ah ! mon Dieu, mes cheveux sont défaits d'un côté.

(Elle se lève et s'ajuste devant la glace.)

CHAVIGNY. – Vous avez la plus jolie taille qu'on puisse voir. Une femme d'esprit comme vous...

MADAME DE LÉRY. – Une femme d'esprit comme moi se donne au diable [2] quand elle a affaire à un homme d'esprit comme vous.

CHAVIGNY. – Qu'à cela ne tienne ! je suis assez bon diable.

MADAME DE LÉRY. – Pas pour moi, du moins à ce que je pense.

CHAVIGNY. – C'est qu'apparemment quelque autre me fait tort.

MADAME DE LÉRY. – Qu'est-ce que ce propos-là veut dire ?

CHAVIGNY. – Il veut dire que, si je vous déplais, c'est que quelqu'un m'empêche de vous plaire.

MADAME DE LÉRY. – C'est modeste et poli ! mais vous vous trompez : personne ne me plaît, et je ne veux plaire à personne.

CHAVIGNY. – À votre âge et avec ces yeux-là, je vous en défie.

---

1. ***Ce matin*** : tout à l'heure, ce jour.
2. ***Se donne au diable*** : se désespère.

MADAME DE LÉRY. – C'est cependant la vérité pure.

CHAVIGNY. – Si je le croyais, vous me donneriez bien mauvaise opinion des hommes.

MADAME DE LÉRY. – Je vous le ferai croire bien aisément. J'ai une vanité qui ne veut pas de maître.

CHAVIGNY. – Ne peut-elle souffrir un serviteur ?

MADAME DE LÉRY. – Bah ! serviteurs ou maîtres, vous n'êtes que des tyrans.

CHAVIGNY, *se levant.* – C'est assez vrai, et je vous avoue que là-dessus j'ai toujours détesté la conduite des hommes. Je ne sais d'où leur vient cette manie de s'imposer, qui ne sert qu'à se faire haïr.

MADAME DE LÉRY. – Est-ce votre opinion sincère ?

CHAVIGNY. – Très sincère ; je ne conçois pas comment on peut se figurer que, parce qu'on a plu ce soir, on est en droit d'en abuser demain.

MADAME DE LÉRY. – C'est pourtant le chapitre premier de l'histoire universelle.

CHAVIGNY. – Oui, et si les hommes avaient le sens commun là-dessus, les femmes ne seraient pas si prudentes.

MADAME DE LÉRY. – C'est possible ; les liaisons d'aujourd'hui sont des mariages, et quand il s'agit d'un jour de noce, cela vaut la peine d'y penser.

CHAVIGNY. – Vous avez mille fois raison ; et, dites-moi, pourquoi en est-il ainsi ? pourquoi tant de comédie et si peu de franchise ? Une jolie femme qui se fie à un galant homme ne saurait-elle le distinguer ? Il n'y a pas que des sots sur la terre.

MADAME DE LÉRY. – C'est une question en pareille circonstance.

CHAVIGNY. – Mais je suppose que, par hasard, il se trouve un homme qui, sur ce point, ne soit pas de l'avis des sots ; et je suppose qu'une occasion se présente où l'on puisse être franc sans danger, sans arrière-pensée, sans crainte des indiscrétions.

(Il lui prend la main.)

Je suppose qu'on dise à une femme : « Nous sommes seuls, vous êtes jeune et belle, et je fais de votre esprit et de votre cœur tout le cas qu'on en doit faire. Mille obstacles nous séparent, mille chagrins nous attendent si nous essayons de nous revoir demain. Votre fierté ne veut pas d'un joug, et votre prudence ne veut pas d'un lien ; vous n'avez à redouter ni l'un ni l'autre. On ne vous demande ni protestation, ni engagement, ni sacrifice, rien qu'un sourire de ces lèvres de rose et un regard de ces beaux yeux. Souriez pendant que cette porte est fermée ; votre liberté est sur le seuil ; vous la retrouverez en quittant cette chambre ; ce qui s'offre à vous n'est pas le plaisir sans amour, c'est l'amour sans peine et sans amertume ; c'est le caprice, puisque nous en parlons, non l'aveugle caprice des sens, mais celui du cœur, qu'un moment fait naître et dont le souvenir est éternel. »

MADAME DE LÉRY. – Vous me parliez de comédie ; mais il paraît qu'à l'occasion vous en joueriez d'assez dangereuses. J'ai quelque envie d'avoir un caprice avant de répondre à ce discours-là. Il me semble que c'en est l'instant, puisque vous en plaidez la thèse. Avez-vous là un jeu de cartes ?

CHAVIGNY. – Oui, dans cette table ; qu'en voulez-vous faire ?

MADAME DE LÉRY. – Donnez-le-moi, j'ai ma fantaisie, et vous êtes forcé d'obéir si vous ne voulez vous contredire.

(Elle prend une carte dans le jeu.)

Allons, comte, dites *rouge* ou *noir*.

CHAVIGNY. – Voulez-vous me dire quel est l'enjeu ?

MADAME DE LÉRY. – L'enjeu est une discrétion [1].

CHAVIGNY. – Soit. – J'appelle *rouge*.

MADAME DE LÉRY. – C'est le valet de pique ; vous avez perdu. Donnez-moi cette bourse bleue.

CHAVIGNY. – De tout mon cœur, mais je garde la rouge, et quoique sa couleur m'ait fait perdre, je ne le lui reprocherai jamais ; car je sais aussi bien que vous quelle est la main qui me l'a faite.

MADAME DE LÉRY. – Est-elle petite ou grande, cette main ?

CHAVIGNY. – Elle est charmante et douce comme le satin.

MADAME DE LÉRY. – Lui permettez-vous de satisfaire un petit mouvement de jalousie ?

(Elle jette au feu la bourse bleue.)

CHAVIGNY. – Ernestine, je vous adore !

MADAME DE LÉRY, *regarde brûler la bourse. Elle s'approche de Chavigny et lui dit tendrement :* – Vous n'aimez donc plus Mme de Blainville ?

CHAVIGNY. – Ah ! grand Dieu ! je ne l'ai jamais aimée.

MADAME DE LÉRY. – Ni moi non plus, M. de Chavigny.

CHAVIGNY. – Mais qui a pu vous dire que je pensais à cette femme-là ? Ah ! ce n'est pas elle à qui je demanderai jamais un instant de bonheur ; ce n'est pas elle qui me le donnera !

MADAME DE LÉRY. – Ni moi non plus, M. de Chavigny. Vous venez de me faire un petit sacrifice, et c'est très galant de

---

1. ***Discrétion*** : décision qui n'est pas justifiée.

votre part ; mais je ne veux pas vous tromper : la bourse rouge n'est pas de ma façon.

CHAVIGNY. – Est-il possible ? Qui est-ce donc qui l'a faite ?

MADAME DE LÉRY. – C'est une main plus belle que la mienne. Faites-moi la grâce de réfléchir une minute et de m'expliquer cette énigme à mon tour. Vous m'avez fait en bon français une déclaration très aimable ; vous vous êtes mis à deux genoux par terre, et remarquez qu'il n'y a pas de tapis ; je vous ai demandé votre bourse bleue, et vous me l'avez laissé brûler. Qui suis-je donc, dites-moi, pour mériter tout cela ? Que me trouvez-vous de si extraordinaire ? Je ne suis pas mal, c'est vrai ; je suis jeune ; il est certain que j'ai le pied petit. Mais enfin ce n'est pas si rare. Quand nous nous serons prouvé l'un à l'autre que je suis une coquette et vous un libertin, uniquement parce qu'il est minuit et que nous sommes en tête-à-tête, voilà un beau fait d'armes que nous aurons à écrire dans nos mémoires ! C'est pourtant là tout, n'est-ce pas ? Et ce que vous m'accordez en riant, ce qui ne vous coûte pas même un regret, ce sacrifice insignifiant que vous faites à un caprice plus insignifiant encore, vous le refusez à la seule femme qui vous aime, à la seule femme que vous aimiez !

(On entend le bruit d'une voiture.)

CHAVIGNY. – Mais, madame, qui a pu vous instruire ?...

MADAME DE LÉRY. – Parlez plus bas, monsieur, la voilà qui rentre, et cette voiture vient me chercher. Je n'ai pas le temps de vous faire ma morale ; vous êtes homme de cœur [1], et votre cœur vous la fera. Si vous trouvez que Mathilde a les yeux rouges, essuyez-les avec cette petite bourse que ses larmes reconnaîtront, car c'est votre bonne, brave et fidèle femme qui a passé quinze jours à la faire. Adieu ; vous m'en voudrez

1. ***Homme de cœur*** : généreux et sensible à l'honneur.

aujourd'hui, mais vous aurez demain quelque amitié pour moi, et, croyez-moi, cela vaut mieux qu'un caprice. Mais s'il vous en faut un absolument, tenez, voilà Mathilde, vous en avez un beau à vous passer ce soir. Il vous en fera, j'espère, oublier un autre que personne au monde, pas même elle, ne saura jamais.

(Mathilde entre, Mme de Léry va à sa rencontre et l'embrasse.)

CHAVIGNY *les regarde ; il s'approche d'elles, prend sur la tête de sa femme la guirlande de fleurs de Mme de Léry, et dit à celle-ci, en la lui rendant :* – Je vous demande pardon, madame, elle le saura, et je n'oublierai jamais qu'un jeune curé fait les meilleurs sermons[1].

1. C'est un proverbe. Il termine la pièce comme il est de rigueur dans le genre du proverbe dramatique. Mme de Léry, parce qu'elle est belle et intelligente, a su raisonner M. de Chavigny. La morale n'est jamais si aimable que lorsqu'elle est défendue par une jolie femme, de même que les sermons ne sont jamais si bien écoutés que lorsqu'ils sont prononcés par un jeune prêtre !

DOSSIER

- Êtes-vous un lecteur attentif ?
- Proverbes et théâtre
- L'art de la conversation dans *Il faut qu'une porte*... et *Un caprice*
- Style parlé et langage soutenu
- Figures de style
- Lexique du siècle : romantisme et esprit de salon
- La quête de l'amour absolu dans les textes de Musset

Êtes-vous un lecteur attentif ?

Il faut qu'une porte soit ouverte ou fermée

1. Combien de scènes comporte ce proverbe ?
2. Combien de fois le comte se dispose-t-il à partir ? Quel incident l'incite à vouloir quitter la marquise ? Quelle raison le détermine à rester ?
3. Déterminez ce qui sépare et ce qui rapproche le comte et la marquise (pensez à leur situation sociale, à leur caractère, à leur âge, à leurs occupations, etc.). Qu'en concluez-vous sur la vraisemblance du dénouement ?
4. Où la marquise donne-t-elle rendez-vous au comte ? Au bal ? à l'Opéra ? aux Italiens ?
5. Quelle boisson sert-on au comte pendant les bals ? De l'orangeade ? du vin ? de l'eau sucrée ?

Un caprice

1. Où se déroule la pièce ?
2. À la fin de la pièce, qui s'est finalement rendu au bal ? M. de Chavigny ? Mme de Léry ? Mathilde ?
3. Qui offre la bourse rouge à M. de Chavigny ? Mme de Blainville ? Mathilde ? Mme de Léry ?
4. Quelle boisson prépare M. de Chavigny ? Une boisson chocolatée ? de l'orangeade ? du thé ?
5. Parmi ces adjectifs, quels sont ceux qui conviennent au comte ?

Distrait, jaloux, infidèle, libéral, discret,
sincère, vaniteux, versatile.

Qu'en déduisez-vous sur la psychologie des personnages de Musset ?

Proverbes et théâtre

Le proverbe dramatique, un genre hybride

Musset, lorsqu'il écrit *Un caprice* et *Il faut qu'une porte soit ouverte ou fermée*, ignore la « séparation des genres » qui s'opère au théâtre : ses proverbes font appel aussi bien à des éléments ou à des conventions qui ressortissent au drame romantique qu'à des règles qui régissent la comédie classique. Le proverbe dramatique est en effet un genre hybride qui offre de telles libertés. Vous le remarquerez en complétant le tableau suivant qui synthétise les caractéristiques de la comédie classique, de la comédie vaudeville et du drame romantique, trois « genres » auxquels empruntent *Il faut qu'une porte soit ouverte ou fermée* et *Un caprice*.

Genres / Critères d'identification	**Comédie classique**	**Comédie vaudeville**	**Drame romantique**	***Il faut qu'une porte...***	***Un caprice***
Sujet	Mariage problématique malgré l'amour partagé	Mariage contrecarré par les défauts des personnages	Passion impossible		
Personnages	Grande bourgeoisie, aristocratie	Bourgeoisie	Tous les échelons de la société		
Ressort de l'action	Obstacles extérieurs (opposition d'un tiers) ou intérieurs (préjugés du personnage), coups de théâtre	Argent	Fatalité, conflits de société		
Unités de temps, de lieu et d'action	Respectées	Assouplies	Rejetées		
Niveaux de langue	Courant et soutenu	Courant et familier	Familier à soutenu		
Tonalité, registre	Tous les registres de comique, et surtout le comique de caractère	Les comiques de répétition et de situation, les calembours	Mélange des registres lyrique, épique et comique		

De la formule proverbiale à la pièce de théâtre

1. À laquelle des deux pièces que vous venez de lire pouvez-vous appliquer ce proverbe : « On n'attrape pas des mouches avec du vinaigre » ? Retrouvez la formule correspondante dans le texte de Musset. À quelle pièce pouvez-vous attribuer les expressions « Il n'est pire sourd que celui qui ne veut pas entendre » et « L'occasion fait le larron » ?
2. Créez vous-même un proverbe fantaisiste en parodiant un proverbe connu.
3. Imaginez un scénario de comédie pour illustrer l'un des deux proverbes suivants : « Il faut que jeunesse se passe » ou « Il n'y a que le premier pas qui coûte ».

L'art de la conversation dans *Il faut qu'une porte...* et *Un caprice*

Les proverbes dramatiques sont à l'origine des divertissements de salon. Ils se font l'écho des conversations mondaines qui y ont court. Musset, écrivant ses pièces, retranscrit la vivacité spirituelle et le naturel des échanges auxquels il a participé. Vous étudierez la maîtrise de telles pratiques dans les deux proverbes que vous avez lus en répondant aux questions suivantes :

1. Recherchez les phrases inachevées. Sont-elles dues à une interruption de l'interlocuteur ou à une autocensure du locuteur ? En quoi est-ce révélateur de l'état d'esprit des personnages ?
2. Au cours d'une conversation, il est fréquent que l'on reprenne un terme utilisé par l'interlocuteur. C'est aussi un procédé très utilisé au théâtre dans les moments d'émotion ou de tension dramatique. Repérez ces reprises dans les deux textes.

3. Dans les paroles échangées entre Mathilde et M. de Chavigny, relevez les passages du tutoiement au vouvoiement. Qu'en déduisez-vous sur le rôle des pronoms personnels ?
4. Repérez les propos qui, tenus en début de conversation par un personnage, sont rappelés par son interlocuteur beaucoup plus tard dans l'échange.
5. Précisez pour chaque discours narratif sa fonction dans la progression des rapports entre les personnages.
6. Les prises de parole sont-elles équilibrées ? Comment évoluent-elles au cours de chacune des pièces ?
7. Repérez les passages argumentatifs. Les arguments développés sont-ils déterminants pour la résolution de l'action ?
8. Montrez que la conversation s'achève seulement lorsqu'elle a permis de révéler la vérité des sentiments.

Style parlé et langage soutenu

1. Dans les pièces que vous venez de lire, relevez quelques formules appartenant au style parlé.
2. Relevez des expressions appartenant au langage soutenu et transposez-les en langage courant.

Figures de style

Identifiez les procédés rhétoriques utilisés dans les passages cités ci-dessous en vous aidant de la liste suivante : métaphore, antiphrase, comparaison, personnification, métaphore filée, énumération, antithèse, hyperbole, parallélisme, métonymie, anaphore, gradation.

1. Le Comte. – Je vous le dis, parce qu'on en parle.
   La Marquise. – C'est une belle raison.
2. La Marquise. – [...] vous voilà plus banal qu'un vieux couplet de vaudeville.

3. LE COMTE. – Si l'amour est une comédie, cette comédie, vieille comme le monde, sifflée ou non, est, au bout du compte, ce qu'on a encore trouvé de moins mauvais. Les rôles sont rebattus, j'y consens ; mais, si la pièce ne valait rien, tout l'univers ne la saurait pas par cœur.
4. LA MARQUISE. – Maintenant, dès qu'on reçoit, on reçoit tout Paris ; et tout Paris, au temps où nous sommes, c'est bien réellement Paris tout entier, ville et faubourgs.
5. LE COMTE. – Vous vous piquez de dire vrai, et vous ne voyez que mensonge dans les autres ?
6. MATHILDE. – Nous allons donc, ma chère petite bourse, vous faire votre dernière toilette. Voyons si vous serez coquette avec ces glands-là ? Direz-vous [...] tout le soin qu'on a pris de votre petite personne ?
7. MADAME DE LÉRY. – Je l'ai vue traîner pendant des siècles ; on a mis sept ans à la faire, et vous jugez si pendant ce temps-là elle a changé de destination. Elle a appartenu en idée à trois personnes de ma connaissance. C'est un trésor que vous avez là, M. de Chavigny.
8. MADAME DE LÉRY. – À propos, vous savez mes malheurs ? J'ai été volée comme dans un bois. [...] Si ce n'était que cela, je crierais tant, qu'on me les rendrait, car c'est un meurtre. Me voilà nue pour cet été.
9. MADAME DE LÉRY. – On ne quitte pas un ange pour un diable.
10. MADAME DE LÉRY. – Cette Blainville, avec son indigo, je la déteste des pieds à la tête. Elle a les yeux battus jusqu'au menton.
11. CHAVIGNY. – Mille obstacles nous séparent, mille chagrins nous attendent si nous essayons de nous revoir demain. Votre fierté ne veut pas d'un joug, et votre prudence ne veut pas d'un lien [...]. On ne vous demande ni protestation, ni engagement, ni sacrifice, rien qu'un sourire de ces lèvres de rose et un regard de ces beaux yeux.

Lexique du siècle : romantisme et esprit de salon

1. Classez les adjectifs suivants selon une progression de la caractérisation (du négatif au positif) : morose, exalté, enthousiaste, éperdu, désespéré, mélancolique, funeste, chagrin.

2. Retrouvez le lexique de la galanterie dans la grille ci-dessous. Tous les mots à découvrir sont des substantifs. Avec les lettres des cases grisées vous mettrez en évidence le ressort dramatique de nombreuses comédies.

Horizontalement

A. Qualité qui attire, qui séduit, attrait mystérieux exercé sur quelqu'un, enchantement.
B. Civilité relevée d'élégance ou de générosité.
C. « Après vous, Madame » : marque d'attention qu'ont les hommes à l'égard des femmes.
D. Bavardage léger et plaisant.
E. Estime de soi, fierté. Selon Mme de Léry, il est responsable de la jalousie des hommes.
F. Propos moqueur, qui tourne en ridicule.
G. Valeur morale. Les femmes légères en manquent : elles sont de petite……

Verticalement

1. Communication d'une chose secrète. Marivaux emploie ce mot au pluriel dans le titre de l'une de ses pièces.
2. Discours contraire à la vérité et tenu dans le but de tromper.
3. Travestissement de la vérité pour l'embellir, pour tromper. Désormais, par ce terme, on désigne aussi un costume de carnaval.
4. Ce qu'on accorde à quelqu'un pour lui être agréable.
5. La marquise, outre la beauté et l'esprit, possède cette qualité selon le comte.
6. Goût pour la parure, recherche de l'élégance.
7. Propos flatteurs, élogieux. Le comte en abuse et la marquise le déplore.
8. Volontés subites apparemment dénuées de raison. Synonyme d'infidélités lorsque Mme de Léry l'emploie, ce mot figure dans le titre de l'une des pièces de Musset.
9. Chagrin mêlé de colère, déception.
10. Conversation raffinée et subtile portant sur les relations amoureuses. Mot formé sur le nom de l'auteur de *La Double Inconstance*.
11. Futilité, superficialité.

La quête de l'amour absolu dans les textes de Musset

La recherche de l'amour absolu hante la vie de Musset comme elle hante son œuvre. Dans ses textes, l'auteur ne cesse d'exprimer cette quête.
Vous trouverez dans les extraits qui suivent nombre de points développés dans les deux proverbes que vous avez lus. Les femmes y déplorent l'inconstance des hommes – qui les incite à se méfier des discours amoureux, voire à ne plus croire en l'amour – et dénoncent leur soumission à la gent masculine. Les hommes, eux, font de l'amour le sens d'une vie et un principe universel assurant la marche du monde.

MARIANNE. – Mon cher cousin, est-ce que vous ne plaignez pas le sort des femmes ? Voyez un peu ce qui m'arrive. Il est décrété par le sort que Cœlio m'aime, ou qu'il croit m'aimer, lequel Cœlio le dit à ses amis, lesquels amis décrètent à leur tour que, sous peine de mort, je serai sa maîtresse. La jeunesse napolitaine daigne m'envoyer en votre personne un digne représentant, chargé de me faire savoir que j'ai à aimer ledit seigneur Cœlio d'ici à une huitaine de jours. Pesez cela, je vous en prie. […]

Qu'est-ce après tout qu'une femme ? L'occupation d'un moment, une coupe fragile qui renferme une goutte de rosée, qu'on porte à ses lèvres et qu'on jette par-dessus son épaule. Une femme ! c'est une partie de plaisir ! Ne pourrait-on pas dire quand on en rencontre une : voilà une belle nuit qui passe ? Et ne serait-ce pas un grand écolier en de telles matières, que celui qui baisserait les yeux devant elle, qui se dirait tout bas : « Voilà peut-être le bonheur d'une vie entière », et qui la laisserait passer ?

Les Caprices de Marianne, acte II, scène 1.

PERDICAN. – Tu as dix-huit ans, et tu ne crois pas à l'amour !

CAMILLE. – Y croyez-vous, vous qui parlez ? Vous voilà courbé près de moi avec des genoux qui se sont usés sur les tapis de vos maîtresses, et vous n'en savez plus le nom. Vous avez pleuré des larmes de joie et des larmes de désespoir ; mais vous saviez que l'eau des sources est plus constante que vos larmes, et qu'elle serait toujours là pour laver vos paupières gonflées. Vous faites votre métier de jeune homme, et vous souriez quand on vous parle de femmes désolées ; vous ne croyez pas que l'on puisse mourir d'amour, vous qui vivez et qui avez aimé. [...] Est-ce donc une monnaie que votre amour, pour qu'il puisse passer ainsi de main en main jusqu'à la mort ?

On ne badine pas avec l'amour, acte II, scène 5.

PERDICAN. – [...] Tous les hommes sont menteurs, inconstants, faux, bavards, hypocrites, orgueilleux et lâches, méprisables et sensuels ; toutes les femmes sont perfides, artificieuses, vaniteuses, curieuses et dépravées ; le monde n'est qu'un égout sans fond où les phoques les plus informes rampent et se tordent sur des montagnes de fange ; mais il y a au monde une chose sainte et sublime, c'est l'union de deux de ces êtres si imparfaits et si affreux. On est souvent trompé en amour, souvent blessé et souvent malheureux ; mais on aime et quand on est sur le bord de sa tombe, on se retourne pour regarder en arrière, et on se dit : J'ai souffert souvent, je me suis trompé quelquefois ; mais j'ai aimé. C'est moi qui ai vécu, et non pas un être factice créé par mon orgueil et mon ennui.

On ne badine pas avec l'amour, acte II, scène 5.

VALENTIN. – [...] Dis-moi, dans cette poussière de mondes, y en a-t-il un qui ne sache sa route, qui n'ait reçu sa mission avec la vie, et qui ne doive mourir en l'accomplissant ? Pourquoi ce ciel immense n'est-il pas immobile ? Dis-moi ; s'il y a jamais eu un moment où tout fut créé, en vertu de quelle force ont-ils commencé à se mouvoir, ces mondes qui ne s'arrêteront jamais ?

CÉCILE. – Par l'éternelle pensée.

VALENTIN. – Par l'éternel amour. La main qui les suspend dans l'espace n'a écrit qu'un mot en lettres de feu. Ils vivent parce qu'ils se cherchent, et les soleils tomberaient en poussière, si l'un d'entre eux cessait d'aimer.

Il ne faut jurer de rien, acte III, scène 4.

Notes et citations

Notes et citations

Notes et citations

Les classiques et les contemporains dans la même collection

DEFOE
Robinson Crusoé (120)

DIDEROT
Entretien d'un père avec ses enfants (361)
Jacques le Fataliste (317)
Le Neveu de Rameau (2218)
Supplément au Voyage de Bougainville (189)

DOYLE
Le Dernier Problème. La Maison vide (64)
Trois Aventures de Sherlock Holmes (37)

DUMAS
Le Comte de Monte-Cristo (85)
Pauline (233)
Les Trois Mousquetaires, t. 1 et 2 (2142 et 2144)

FABLIAUX DU MOYEN ÂGE (71)

LA FARCE DE MAÎTRE PATHELIN (3)

LA FARCE DU CUVIER ET AUTRES FARCES DU MOYEN ÂGE (139)

FENWICK (JEAN-NOËL)
Les Palmes de M. Schutz (373)

FERNEY (ALICE)
Grâce et Dénuement (197)

FEYDEAU-LABICHE
Deux courtes pièces autour du mariage (356)

FLAUBERT
La Légende de saint Julien l'Hospitalier (111)
Un cœur simple (47)

GARCIN (CHRISTIAN)
Vies volées (346)

GAUTIER
Le Capitaine Fracasse (2207)
La Morte amoureuse. La Cafetière et autres nouvelles (2025)

GOGOL
Le Nez. Le Manteau (5)

GRAFFIGNY (MME DE)
Lettres d'une péruvienne (2216)

GRIMM
Le Petit Chaperon rouge et autres contes (98)

GRUMBERG (JEAN-CLAUDE)
L'Atelier (196)
Zone libre (357)

HIGGINS (COLIN)
Harold et Maude – *Adaptation de Jean-Claude Carrière* (343)

HOBB (ROBIN)
Retour au pays (338)

HOFFMANN
L'Enfant étranger (2067)
L'Homme au Sable (2176)
Le Violon de Crémone. Les Mines de Falun (2036)

HOLDER (ÉRIC)
Mademoiselle Chambon (2153)

HOMÈRE
Les Aventures extraordinaires d'Ulysse (2225)
L'Iliade (2113)
L'Odyssée (125)

HUGO
Claude Gueux (121)
L'Intervention *suivie de* La Grand'mère (365)
Le Dernier Jour d'un condamné (2074)
Les Misérables, t. 1 et 2 (96 et 97)
Notre-Dame de Paris (160)
Quatrevingt-treize (241)
Le roi s'amuse (307)
Ruy Blas (243)

JAMES
Le Tour d'écrou (236)

JARRY
Ubu Roi (2105)

KAFKA
La Métamorphose (83)

KAPUŚCIŃSKI
Autoportrait d'un reporter (360)

LABICHE
Un chapeau de paille d'Italie (114)

LA BRUYÈRE
Les Caractères (2186)

LONDON (JACK)
L'Appel de la forêt (358)

MME DE LAFAYETTE
La Princesse de Clèves (308)

LA FONTAINE
Le Corbeau et le Renard et autres fables – *Nouvelle édition des* Fables, *collège* (319)
Fables, *lycée* (367)

LANGELAAN (GEORGE)
La Mouche. Temps mort (330)

Les anthologies dans la même collection

AU NOM DE LA LIBERTÉ
Poèmes de la Résistance (106)

L'AUTOBIOGRAPHIE (2131)

BAROQUE ET CLASSICISME (2172)

LA BIOGRAPHIE (2155)

BROUILLONS D'ÉCRIVAINS
Du manuscrit à l'œuvre (157)

« C'EST À CE PRIX QUE VOUS MANGEZ DU SUCRE... » Les discours sur l'esclavage d'Aristote à Césaire (187)

CEUX DE VERDUN
Les écrivains et la Grande Guerre (134)

LES CHEVALIERS DU MOYEN ÂGE (2138)

CONTES DE SORCIÈRES (331)

CONTES DE VAMPIRES (355)

LE CRIME N'EST JAMAIS PARFAIT
Nouvelles policières 1 (163)

DE L'ÉDUCATION
Apprendre et transmettre de Rabelais à Pennac (137)

LE DÉTOUR (334)

FAIRE VOIR : QUOI, COMMENT, POUR QUOI ? (320)

FÉES, OGRES ET LUTINS
Contes merveilleux 2 (2219)

LA FÊTE (259)

GÉNÉRATION(S) (347)

LES GRANDES HEURES DE ROME (2147)

L'HUMANISME ET LA RENAISSANCE (165)

IL ÉTAIT UNE FOIS
Contes merveilleux 1 (219)

LES LUMIÈRES (158)

LES MÉTAMORPHOSES D'ULYSSE
Réécritures de L'*Odyssée* (2167)

MONSTRES ET CHIMÈRES (2191)

MYTHES ET DIEUX DE L'OLYMPE (2127)

NOIRE SÉRIE...
Nouvelles policières 2 (222)

NOUVELLES DE FANTASY 1 (316)

NOUVELLES FANTASTIQUES 1
Comment Wang-Fô fut sauvé et autres récits (80)

NOUVELLES FANTASTIQUES 2
Je suis d'ailleurs et autres récits (235)

ON N'EST PAS SÉRIEUX QUAND ON A QUINZE ANS Adolescence et littérature (156)

PAROLES DE LA SHOAH (2129)

LA PEINE DE MORT
De Voltaire à Badinter (122)

POÈMES DE LA RENAISSANCE (72)

POÉSIE ET LYRISME (173)

LE PORTRAIT (2205)

RACONTER, SÉDUIRE, CONVAINCRE
Lettres des XVIIe et XVIIIe siècles (2079)

RÉALISME ET NATURALISME (2159)

RÉCITS POUR AUJOURD'HUI
17 fables et apologues contemporains (345)

RIRE : POUR QUOI FAIRE ? (364)

RISQUE ET PROGRÈS (258)

ROBINSONNADES
De Defoe à Tournier (2130)

LE ROMANTISME (2162)

SCÈNES DE LA VIE CONJUGALE
Le couple au théâtre, de Shakespeare à Yasmina Reza (328)

LE SURRÉALISME (152)

LA TÉLÉ NOUS REND FOUS ! (2221)

LES TEXTES FONDATEURS (340)

TROIS CONTES PHILOSOPHIQUES (311)
Diderot, Saint-Lambert, Voltaire

TROIS NOUVELLES NATURALISTES (2198)
Huysmans, Maupassant, Zola

VIVRE AU TEMPS DES ROMAINS (2184)

VOYAGES EN BOHÈME (39)
Baudelaire, Rimbaud, Verlaine

Création maquette intérieure :
Sarbacane Design.

Composition : IGS-CP.
N° d'édition : L.01EHRN000153.C003
Dépôt légal : août 2007
Imprimé en Espagne par Novoprint (Barcelone)